倩女離魂

鄭光祖　著
王星琦　校注

三民書局

倩女離魂　總目

引　言……………………………………一—三四
插　圖……………………………………一—二
折　目……………………………………一—一
正　文……………………………………一—四四
附錄一　倩女離魂雜劇之本事…………四五—四七
附錄二　有關鄭德輝倩女離魂雜劇之劇評…………四九—五一
附錄三　鄭德輝倩女離魂研究相關論文索引…………五三—五七

引言

王星琦

鄭德輝的倩女離魂雜劇，在元人雜劇中，乃至在中國戲曲史上，都具有特殊重要的意義。它從六朝志怪小說和唐人傳奇文那裡獲得了靈感，開啟了「離魂型」戲劇創作的先聲。顯然，後世如牡丹亭、畫中人、秣陵春，甚至長生殿等傳奇作品，都不同程度受到了它的影響。而倩女形象之特行獨立，新人耳目，在元雜劇的女性形象中，也閃耀著異樣的光彩。至於其曲詞之清麗雅潔，當行出色，更是為曲論家們所普遍讚譽。總之，此劇不愧為鄭氏之代表作，允稱傑構。

一

鄭德輝，名光祖，生卒年不詳。平陽襄陵（今山西省臨汾市襄汾縣）人。元人周德清在其中原音韻中將鄭德輝與關漢卿、白樸、馬致遠並列，號為「元曲四大家」。鍾嗣成錄鬼簿卷下云：「光祖字德輝，平陽襄陵人。以儒補杭州路吏。為人方直，不妄與人交，故諸公多鄙之，久則見其情厚，而他人莫之及也。病卒，火葬於西湖之靈芝寺，諸弔送各有詩文。」又云德輝「名香天下，聲振閨閣，伶倫輩稱『鄭老先生』，皆知其為德輝也」。其所作雜劇作品，錄鬼簿著錄十七種：紫雲娘、哭晏嬰、細柳營、秦樓月、破連環、後庭花、采蓮船、哭孺子、伊尹扶湯、指鹿為馬、翰林風月（即㑳梅香）、王粲登樓、周公攝政、倩女離魂、三戰呂布、梨園樂府、月夜聞箏。另有脈望館抄校本所收老君堂、伊尹耕莘（即伊尹扶湯）、智勇定齊（即破連環）三種，亦題為鄭光祖撰❶。如此，錄鬼簿所列十七種，加上老君堂，見於著錄的共十八種。今存八種：倩女離魂、王粲登樓、㑳梅香、周公攝政、三戰呂布、老君堂、智勇定齊、伊尹耕莘。其中後三種是否鄭作，尚存爭議。此外，朱權太和正音譜等還收有月夜聞箏的殘曲。鄭氏所作雜劇已佚者九種：紫雲娘、哭晏嬰、指鹿為馬、秦樓月、采蓮船、梨園樂府、哭孺子、細柳營、後庭花。總觀其劇作之題材範圍，無非兩大類，一是頌揚青年男女對抗封建禮教勢力，追求自主愛情婚姻題材；一是歷史故事題材。前者代表作品是倩女離魂，後者則以王粲登樓為代表。雜劇創作之外，德輝亦兼作散曲，今存小令六首，套曲兩套。

對於鄭德輝生平事跡及其交遊情況，限於相關資料的匱乏，我們幾乎無法詳知。僅有的零星記載也只能使我們揆知一個大致的輪廓。與大多數元曲家的遭際相彷彿，他生逢蒙元政權鼎革的北方地區，平陽正是元雜劇的發祥地之一，德輝生長於茲，近水樓臺，耳濡目染，在雜劇創作方面有著先天的優勢。

關於鄭德輝的生卒年，多作不詳，一般認為他是後期作家，或以為其生年在至元初期（至元元年為西元一二六四年），這是以鍾嗣成大致的生年推導出來的。這個推論頗為人們所認可，事實上疑點很多，稱鄭氏為元雜劇的後期作家，似亦大可商榷。

因為元代有關雜劇作家生平交遊的文獻資料極為有限，惟有鍾嗣成的錄鬼簿和一些零散的片言隻語，因而錄鬼簿便顯得特別的重要。然而，毋庸諱言，錄鬼簿的局限性也是明顯的。首先，古代的交通不似

❶ 脈望館抄校本卷尾有明人董其昌跋語，謂此三種「係元人鄭德輝筆」。

如今之便利，信息溝通也未若今天之順暢，私家著述材料來源閉塞且局限；其次，個人記事多以一己的愛好傾向為側重，知者詳些，聞者略之，不知未聞者便忽略不記了；再次，元代士人作劇屬「小道」、「末技」，為大雅君子所不屑，對作劇者其人的生平事跡記載，不可能列入正史專傳，故一些零星、破碎，散亂而不成系統的記載，就只能靠個人的識見了。所有這些原因，造成了各家記載各說各話，互有出入，甚至互相齟齬，多有歧疑，這就為後人研究帶來諸多疑難。繼鍾嗣成之後，元末明初的賈仲明作錄鬼簿續編，較鍾著稍詳。有一種觀點認為賈著「硬湊劇名作曲，毫無史料價值」，這是不可取的。對元明兩代的相關資料，人們寧信元人而輕視明人，其實賈仲明由元入明，承上啟下，在本就資料緊缺的情況下，我們完全沒有必要厚此薄彼，後人研究超越前人的案例並非罕見。賈氏的輓詞價值如何，姑且不論，採取一味否定的態度終究是武斷和輕率的。研究元人雜劇，無視或輕覷乃至捨棄明人的著述，將視野弄得很狹窄，恐非良策。除了賈仲明，寧獻王朱權、周憲王朱有燉以及何良俊等，都不同程度對元雜劇作家作品加以評述和論辨，為後世研究者提供了有價值的資料。綜合元明以來的相關資料文獻，對元雜劇作家，只有少數者可知其生平較詳事跡（如白樸等），絕大多數作家的生平思想及交遊情況則不得其詳，多數作家連生卒年也只能大致推測，更無法確考具體作品的繫年。事實上將鄭德輝定為後期作家疑點頗多。鍾嗣成知其在南事跡（未必周詳）而未詳其在北時的情況。詳察細究，鍾氏錄鬼簿列在「方今已亡名公才人，余相知者」中的作家與「已死才人不相知者」之作家，同所謂的前期作家，有不少均為同一時期的作家，甚至前者中的個別作家比後者更早一些。或者說，我們習慣上所稱的中後期作家有一些都應是前期作家。周德清中原音韻序云：「樂府之盛、之備、之難，莫如今時。其盛，則自搢紳及閭閭歌詠者眾。其備，則自關、鄭、白、馬一新製作，韻共守自然之音，字能通天下之語，字暢語俊，韻促音調；觀其所述，曰忠，曰孝，有補於世。其難，則有六字三韻『忽聽、一聲、猛驚』是也。諸公已矣，後學莫及。」周氏是元初人，他經歷並目睹了元雜劇金聲玉振的繁盛時期，其所言無疑是極為可靠的。中原音韻成書於西元一三二四年秋，其寫作當還可往前推。「諸公已矣，後學莫及」，是說至遲在泰定元年即一三二四年時，關、鄭、白、馬「四大家」已經故去，而「四大家」與王實甫等曲家曾一時齊名，在乎伯仲之間，俱是聲名顯赫的曲壇前輩。元人楊維楨元宮詞云：「開國遺音樂府傳，白翎飛上十三弦。大金優諫關卿在，伊尹扶湯進劇編。」已往一般都以為伊尹扶湯可能是關漢卿的作品，其實此詞一二句是說雜劇藝術作為新聲，肇始於元一統天下之初，音樂上汲取了蒙古傳統曲調乃至域外音樂的滋養；三四句則是一明指一暗寓對舉了兩位曲家——關漢卿和鄭德輝。案，錄鬼簿於關的名下著錄劇目無伊尹扶湯，而在鄭的名下則著錄有放太甲伊尹扶湯。這裡，我們沒有必要懷疑錄鬼簿的記載（詳可參閱嚴敦易先生元劇斟疑）。如果我們將楊詞中提及的伊尹扶湯和錄鬼簿中著錄於鄭德輝名下的放太甲伊尹扶湯看作是同一作品，那末楊維楨顯然是把所謂「金之遺民」的關漢卿與正當青壯年的鄭德輝類舉並提了，目為前期雜劇繁盛時期有代表性的作家。羅忼烈先生說得好：「漢卿在『前輩才人』中排名在首位，是因為他是當時最著名、作品最多的作家，可以表率群倫，而不是因為他的輩分最早。」（兩小山齋論文集）

案，楊維楨與鍾嗣成差不多同時，為元泰定四年（一三二七）進士，他的話應該是可靠的。將楊、鍾二人的記載聯繫起來考察分析，或可認定鄭德輝創作活動的時期。自元滅南宋統一起，享國不過九十年（一二七九－一三六八），鍾嗣成的錄鬼簿成書最遲在一三三〇年，而此時關、鄭、白、馬以及王實甫、宮大用等諸家俱逝。假使鍾氏較諸家晚二十年，那末諸家的活動期已限死在一二七九至一三三〇年這短短五十年間。即是說，如果諸家大致享壽七十歲左右，則蒙元統一時皆有能力製曲爭勝了。以白樸為例，金亡時（一二三四）年方八歲，而「國朝混一」時已五十餘歲了，這已是特例。再以金仁傑為例，金氏與鍾父友善，當長鍾嗣成二十歲有餘，開國時不小於二十歲。鄭德輝當更早些，至少不比金仁傑晚。鍾嗣成雖聞鄭德輝其名，卻未必熟識，更未深交，且只聞鄭在南事略，不詳其在北經歷。鄭被伶倫輩稱作「鄭老先生」，也說明其輩分較高。元代「先生」之稱謂，是有特定涵義的，通常指年資高的師長、道士以及書會中之德高望重者，「先生」前若再加一「老」字，更可想而知其年資輩分了。特別值得注意的是，鄭非科舉出身，而「以儒補杭州路吏」，以「儒補」者，是元代廢止或中輟科舉後的一種選官制度，所選補者，必是當時有影響的聲名在外、資歷較高人物，一般年事不會很輕。天一閣本錄鬼簿楊顯之略傳後賈仲明補輓詞云：「顯之前輩老先生，莫逆之交關漢卿。公未中補缺加新令，皆號為楊補丁……」此又是「老先生」，且也是補官，楊顯之的情況與鄭德輝何其相似！可是我們毫不懷疑楊顯之與關漢卿一道都是前期作家，偏偏將鄭德輝定為後期作家，而根據只是錄鬼簿的排列。殊不知鍾嗣成對鄭德輝僅僅是所聞，而鄭南移杭州之前，早已在北方從事雜劇創作多年了。由此推知，鄭德輝享年當在七十歲以上。即便以中原音韻成書的一三二四年鄭早已謝世，向前推，其生年也應在一統之前，約在元憲宗蒙哥時代，即十三世紀五十年代。實際上還可向前推，因為中原音韻所言「諸公已矣」言外之意或已是多年了。筆者甚至認為周德清「四大家」的排列順序「關、鄭、白、馬」，是綜合齒序、資歷、作品數量以及影響程度等諸多因素的。鄭的年齡當小於白樸，大於馬致遠。馬的生年一般認為在一二五〇年左右。馬致遠的漢宮秋雜劇中提到過兩本雜劇的劇名：「不說它伊尹扶湯，則說那武王伐紂。」按上文推論，這兩種雜劇前者是鄭德輝所作，後者是趙文殷的作品。可知馬致遠作劇當在鄭德輝之後。按顧學頡先生元明雜劇中考證，王實甫的生卒年為一二六〇以前至一三三五左右。他四十歲就退隱了，六十歲時寫有〔商調・集賢賓〕退隱套曲，作劇當是隱居以後的事。這樣看來，他的雜劇創作盛期，正趕上元貞、大德之雜劇繁盛期。看來王實甫的年齡未必比鄭德輝大，創作盛期亦不一定比鄭早。但錄鬼簿將王列入「前輩已死名公才人」，而將鄭列入「方今已亡名公才人」。這只能說明鍾嗣成所知鄭的生平交遊事跡甚少，更未謀面交流，加之鄭「為人方直，不妄與人交」，便是間接所獲資訊也少之又少，不得已，便籠統行事了。

從現有資料分析推論，除了王仲文、梁進之、石子章、侯正卿等曲家年齡較長外，諸如關漢卿、白樸、楊顯之、王實甫、鄭德輝、馬致遠輩，幾乎活躍於相同的時期，年齡差距不超過二十歲，各自的創作旺盛期是差足繼武、接踵步履的；其時優秀的作品亦參差交臂、時見雄勝的。正是所謂「一時人物出元貞」，「元貞、大德秀華夷」。周德清的「樂府之盛、之備、之難，莫如今時」，說得再清楚不過了。「諸公已矣，後學莫及」八個字，已然為我們分清了曲家創作的先後，因而將鄭德輝視為後期作家，顯然是不妥當的。惟因鄭等許多作家，或因北人南移，或因早已名聲在外，為鍾氏所「聞知」，便有了所謂「相知」之條件。不能認為「相知」就是相交往，更不能認為「相知」即是同時或同一代人。鄭德輝的創作活動，顯然在北方時早已有了影響。

順便說到宮大用，情況也與鄭德輝相彷彿，習慣上被視為後期作家，然宮與鍾父是莫逆之交，其創作期當與鄭德輝、王實甫、金仁傑是同時期，亦當有年。他如胡正臣，被鍾氏列在「已死才人不相知者」之首，其時「辭世已三十年矣，士大夫想其風流醞藉，尚在目前」，如此，胡氏卒於一三〇〇年左右，其生年若非如小漢卿高文秀那樣早夭，當在一二四〇年之前，也是前期作家。唯鍾氏稱其為杭州人，想必是因「不相知」之故，或因胡氏乃北人南來，鍾氏一時不能認定亦未可知。

關於鄭德輝的生卒年，筆者的結論是：其生年在一二五〇年前後，卒年則在一三二四年之前；他是元雜劇前期作家，而非向來人們習慣所認定的後期作家。這個結論，顛覆了以往之成說，是為一家言，詳細的考辨分析，可參閱筆者的論文一時人物出元貞，馳騁曲壇伯仲間——元雜劇分期問題再探索❷。

二

說到鄭德輝的思想觀念與其生平事跡，限於相關資料的貧乏，我們無法確切而詳盡地展開論述。好在從他傳世的作品中，依稀能夠捕捉到一些消息，藉此再結合零星記載，庶幾可以大致勾畫出一個較為可信的輪廓。

這位被伶倫輩稱為「老先生」的才人，與絕大多數前期作家一樣，生於血與火的戰亂時代，青年時代正趕上興圖換稿的蒙元政權穩定之時。由於理學的北漸，並逐步取得官方哲學地位，加之金源故地原本為儒家文化傳統所熏陶，鄭氏顯然是以儒家思想為根基的。德輝名光祖，是不是透露出些許消息來了呢？光宗耀祖，德行輝光，家族的期許，父祖的指望，盡在其中了。看來他自幼所接受的教誨，無非是

---

❷ 載人民文學出版社古典文學編輯室編中國古典文學論叢第七輯，北京，西元一九八九年十月。

以孔孟之道為核心的綱常倫理思想以及修、齊、治、平的人生目標。這一點是無可置疑的，從他創作的周公攝政和伊尹扶湯雜劇中，是不難體味到其中寄託的。這樣的思想基礎，決定了他的處世態度和道德準則，也決定了他的人生觀和價值觀。元代士人的多數，最初是不願同元蒙統治者合作的，況且科舉的廢止與中輟，使知識分子仕途路斷，心灰意冷。德輝青年時代也曾彷徨沉抑，身處雜劇發祥地，遂以雜劇創作以攄鬱結，故其早期作品顯得並不成熟，如㑳梅香當屬此類。其成熟的、有代表性的作品，當屬王粲登樓和倩女離魂。在王粲登樓中，我們彷佛可以窺見鄭德輝生活經歷的影子。在王粲這個歷史人物身上，德輝的寓意與寄託是顯而易見的。除了原型形象確曾遠涉荊楚這一歷史事實之外，其餘主要故事情節包括身世、家道以及性格特徵等，全是虛構的，其託古諷今，借歷史人物以自喻的傾向至為明顯。劇中的王粲自幼喪父，家道中落，苦讀詩書，學成滿腹文章，卻仕途坎坷，屢經挫折的歷程，當即是德輝的自況，而王粲命運的始困終亨，也只能是一種理想化的慰藉。王粲一腔豪氣，「量寬如東大海，志高如西華山」，一心「青瑣點朝班」（第一折〔油葫蘆〕）❸。然家貧如洗，求助無門，仕途無路，壯志難酬。第一折的〔混江龍〕曲似應特別引起注目：

我與人秋毫無犯。則為氣昂昂誤得我這鬢斑斑，久居在簞瓢陋巷，風雪柴關，窮不窮甑有蛛絲塵網亂，窘不窘爐無烟火酒瓶乾。剗的在天涯流落，海角飄零，中年已過，百事無成。捱不出傷官破祖窮愁限，多只在閭閻之下，眉睫之間。

❸ 本節引用曲詞均出自王粲登樓雜劇，以下不注。

首二句見出性情孤傲，不同流俗以及始終不改習性的骨骾與執拗，此與錄鬼簿中的記載暗合。即「為人方直，不妄與人交，故諸公多鄙之，久則見其情厚，而他人莫之及也」。中間四句，說的是家道貧窮困窘，想來德輝青少年時代是經歷過苦日子的。後面數句，可映照補為杭州路吏後，德輝北人南移，顛沛流離，官場失意，志不得伸的傷痛意緒。其中所言「中年已過，百事無成」，也與我們前文推測的德輝中年後始補缺南下正相契合，劇中王粲自言三十歲，古以三十歲後為中年。必須要說明的是，文學作品不是實錄，我們這種比附與推測，亦非將劇中王粲和德輝之間畫上等號，但作家將自己的生活經歷寫進作品的案例並不少見。我們在資料記載極為匱乏的情況下，採取如此探求的形式，絕不是無根的穿鑿吧。

德輝青少年時代於刻苦攻讀的同時，大約經歷過一段艱苦困頓的生活，但「雖貧呵樂有餘，便賤呵非無憚」，因為他「扶持社稷」、「經綸天地」的痴心不改。他渴望建功立業，憧憬著「含笑入長安」的美好前程。在科舉路斷，仕途逼仄的時局中，一旦有了補缺的機會，便決心出山，毅然南移。應該說他是滿懷希望地踏上「以儒補吏」之路的。然而事與願違，造化弄人，苦巴巴地經營了幾十年，卻徒勞無功，不要說「平登省台」，連依例昇遷也沒有指望。眼看著兩鬢斑斑，到頭來「百事無成」，這豈能不令人徹骨傷痛，完全絕望！元代官場的污濁不堪，賢愚混淆，以德輝之性情，是無法融入其中的。補吏出山竟是如此結局，似在逆料之中。元代士人的仕與不仕，未可過於糾纏其是與非。許衡出山，劉因歸隱，選擇不同，均有各自的理由。王明蓀先生說：「即如以『道行』與『道尊』為二，然行雖不同，為『道』則一，一以此能實踐道之義，一以彼能實踐道之義，朱子說『同出於至誠惻怛，故不背乎愛之理，而有以全其心之德』來看，似無爭辯之必要。但並非說士之出仕則為道行，若有只為干祿之士，有曲學阿世之士，有枉道從勢之士則否，也並非隱士即為道尊，若有為避地，有為安逸其身者則否。」❹是出山走上仕途，還是隱逸山水林泉，關鍵要看其態度與追求。德輝的態度與追求，是以宋為正統的，元之士人，多數如此。特別是北方士人，仕金仕元，當無可非議。自然，像劉因那樣的「不招之臣」，隱退鄉里，亦無可非議。正因為如此，當時的士人是兩難的。德輝早年習儒，或許曾想走以儒取仕之途，但此途無比艱難，而補吏或吏進則往往是士人們的無奈選擇，至元貞、大德間，這種情況就更加普遍，以至於因為人數越來越多，補吏或吏進之途也日益難有出頭之日了。元儒程端學說：「夫人之以吏胥進而膺一命之寵，難矣哉！其始也籍其名於有司，率數年始食於上，三考始一昇，又三考得改授，其間官長之喜怒，庶物之埤益，錢穀之虧盈，功過毀譽之相尋，利害禍福之所倚，置身僥倖之地而後能豫，蓋有皓首而不遂者焉！」❺此是客觀大環境、大趨勢。而德輝補吏後之「不遂」，無疑還有其自身的原因，即「不肯曲脊於人」以及「為人方直，不妄與人交」的倔強性格。奔走請託，拉關係，行賄賂，乃至結黨營私、阿諛奉承上司等手段、伎倆，他不僅不屑而且是深惡痛絕的。「哀哉堪恨你小人儒，嗚呼，不識俺男兒漢」。如此，在風氣澆薄的官場上，他格格不入，特立獨行，可以想見，德輝的處境該是何等艱難了。元代選官制度之腐敗與乖謬稱得上歷代之尤，胡祗遹在其雜著即今弊政中指出：「有平生不執弓矢而為縣尉捕捉之職者，有『未具如何』四字不解者而為首領官者，有孝經、論語不知篇目而為學士者，有眾星不能辨次而主天文者，何乖謬之若是也？推原其弊，人皆知之，而不能革者何也？請託得行而無敗官責成之

❹ 見王明蓀元代的士人與政治第一九〇頁，臺灣，學生書局，西元一九九二年。

❺ 元程端學積齋集卷三送陳子敬序。

罰耳。」腐敗至此而不糾責懲治，故賄賂公行、買官鬻爵之風愈演愈烈。鄭介夫在大德十年（一三〇三）所上奏的「一綱二十目」中，所言就更尖銳了：「近年以來，倖門大開，庸妄紛進，士行澆薄，廉耻道喪，雖執鞭拂鬚舐痔嚐糞之事，靡所不為。其有攀附營求即獲昇遷者，則眾口稱之羨之以為能；若安分自守羞於干謁者，則眾口譏之笑之以為不了事。習以成風，幾不可解矣。」又言此風「流俗相因，恬不知耻，而能不求不趨，卓然自立於名利之外者，千萬人中無一人也」。其結論是：「人非樂於奔競也，其勢不得不然耳。……是朝廷開天下以奔競之路也。」❻就德輝的一生結局及其吏途的不遂來看，他當屬於「不求不趨」、「卓然自立」者，乃千萬分之一也。在王粲登樓中，德輝借角色之口發泄道：「如今那有錢人沒名的平登省台，那無錢人有名的終淹草萊。如今他可也不論文章只論財。」這番牢騷憤懣與無名氏的散曲〔正宮・醉太平〕以及〔中呂・朝天子〕志感如出一轍。足見當時官場風氣之惡濁，吏道之荒誕。元散曲中還有一套數〔般涉調・哨遍〕，題目作硬謁，作者是董君瑞，描寫官場腐敗風氣，更為細緻生動，可以參閱。總之，德輝在吏途上之艱辛無助，以及他獨立自守、不與時俗同流合污的人格操行，注定了其悲慘的結局。「我怎肯與鳥獸同群，豺狼作伴，兒曹同輩？兀的不屈殺五陵豪氣」！這位傲骨凜然的「老先生」，在孤獨與絕望中，倒在了靈芝寺前。

德輝一生的思想觀念，顯然也受到時代的影響。一方面是對根深蒂固的儒家思想以及理學思想的堅守，這從其歷史劇中不難窺見其端倪；另一方面，則可見出時代思潮的烙印，即蒙古文化習俗以及市井文化的刺激，表現為人性的覺醒與人格的重塑，亦即個性解放意識和情愛觀念的突變，這從其愛情婚劇

---

❻ 見明楊士奇、黃淮等編纂歷代名臣奏議卷六十七。

中明顯展現出來。然而，以上兩方面是很難融為一體的，就中透露出德輝思想上深不可解的矛盾，於是我們看到其作品中竭力將二者彌合、嫁接的痕跡。如劇中士子形象恪守禮教信條，功名富貴以及「指腹為婚」等等。與之相對立的則是女性形象的叛逆精神和個性解放意識，其執著與倔強令人印象極為深刻。此亦時代使然。德輝幼習儒業，儒家思想的正統觀念在其頭腦中揮之不去，而市井文化的激盪，又活潑潑地觸動著他的心靈，因為毫無疑問，他於無聊的刀筆生涯之暇，是經常出沒於勾欄瓦舍之中的，否則何以伶倫輩尊稱其為「鄭老先生」呢！度曲作雜劇這種俗文學創作，其根必扎在市井文化的土壤之中，這是無可爭議的。想來出入勾欄，側身氍毹，或在北方時已是德輝的營生吧，南移至杭州後就更加習以為常、輕車熟路了。如是，德輝當是半個刀筆案牘儒吏，半個曲壇上的「書會才人」，而且，對於前者，他一定是覺得如同雞肋，後者則會令其甘之如飴。他的「不妄與人交」大約是指在官場上，而與「伶倫輩」，人們既稱其「老先生」，顯然很親切，當是相交頻繁，很是融洽的。

關於德輝的生平與交遊，限於文獻資料之不足，我們只能粗略描述如此，且多為推測之詞。儻若細讀其傳世作品，對其為人處世，是不難獲得一個相對明晰之印象的。

三

倩女離魂自然是鄭德輝最具代表性的劇作。

以「離魂」為題材的文學作品在中國文學史上源遠流長，歷代不乏。上古時人們以為「神」（魂魄）與「形」（肉身）在某種特殊情況下是有可能分離的。易繫辭有云：「精氣為物，遊魂為變，是故知鬼神之情狀。」至屈原的作品中，神形離異的描寫屢有出現，成為仙遊幻化、浪漫奇絕的文學手段，寄託了強烈的宇宙意識。遠遊、悲回風、招魂乃至離騷中的神魂飛翔，翱遊四方，使是明例。「載營魄而登霞兮，掩浮雲而上征」。遠遊中寫離魂飄然飛昇的情景，恍忽迷濛，渺然無際，正是所謂「神倏忽而不反」。離魂意象就這樣先是在抒情文學中展現，後漸入敘事文學領域，成為文學審美的範疇之　。

魏晉南北朝時期，玄談風氣大盛，志怪、志人小說興起，以干寶搜神記為代表的搜奇剔怪類著述紛至沓來，所謂「發明神道之不誣」的鬼蜮神異故事，一時成為除山海經、淮南子之外，筆記小說之一大宗。諸如晉孔約的志怪、晉宋間戴祚的甄異傳、劉宋傅亮的觀世音感應記、劉義慶的幽明錄、劉敬叔的異苑和齊諧記、南齊祖沖之的述異記、蕭梁任昉的述異記、吳均的續齊諧記等，不一而足。這類志怪小說中的鬼怪靈異故事，良莠不齊，多是談片式的，篇幅很短，且以記實號之。然其中有不少作品具有現實人生指對性，也很有情調。特別是「離魂型」作品，對後世多有啟迪，影響久遠。如搜神記中的無名夫婦故事，就是一個「離魂型」作品，但寫的是丈夫離魂，其妻「惋怖不已」。且文字簡約，僅僅是述事而已，意趣不甚濃厚。唯劉義慶幽明錄中的龐阿故事，在同類故事中文字稍長，情節亦較曲折：

> 鉅鹿有龐阿者，美容儀。同郡有石氏女，曾內睹阿，心悅之。未幾，阿見此女來詣阿妻，妻極妒。聞之，使婢縛之，送還石家。中路，遂化為烟氣而滅。婢乃直詣石家說此事，石氏之父大驚曰：「我女都不出門，豈可毀謗如此。」阿婦自是常加意伺察之。居一夜，方值女在齋中。乃自拘執以詣石氏。石氏父見之，愕貽曰：「我適從內來，見女與母共作，何得在此？」即令婢僕於內喚

女出。向所縛者，奄然滅焉。父疑有異，故遣其母詰之。女曰：「昔年龐阿來廳中，曾竊視之，自爾彷彿，即夢詣阿，及入戶，即為妻所縛。」石曰：「天下遂有如此奇事。」夫精神所感，靈神為之冥著滅者，蓋其魂神也。既而女誓心不嫁。經年，阿妻忽得邪病，醫藥無徵，阿乃授幣石氏女為妻。❼

石女離魂，是女子傾情於男子，似與倩女離魂情形相彷彿。到了唐傳奇文，離魂意象作品更是不乏見。也是在太平廣記卷三百五十八，還收錄有韋隱（獨異記）、鄭生（靈怪錄）、蘇萊（廣異記）等神形離異類作品。其中鄭生一篇，寫天寶末年鄭生於赴京應舉途中，暮投宿一老嫗家，嫗以其孫女嫁與鄭生，女姓柳氏。婚後，鄭生攜柳女歸淮陰柳家。不料柳家人見到柳女來歸，竟「舉家驚愕」。原來柳女一直居於家中，未曾走出家門一步。結果是「兩女忽合，遂為一體」。終篇始知老嫗是柳女早已亡故的外祖母，乃是冥中「嫁外孫女之魂焉」。

這裡柳女的離魂，值得注意的是「兩女忽合，遂為一體」，其與陳玄祐離魂記（參閱附錄）中張倩娘最終魂體「翕然而合為一體」的描寫如出一轍。所不同的是，柳女與鄭生從未謀面，亦無彼此情感交流的過程；而在離魂記中，張倩娘與王宙不僅是表親，且張父曾有言於外甥王宙，稱「他時當以倩娘妻之」，及二人長成，互相屬意，一往情深。因此，通常均以為鄭德輝的倩女離魂雜劇，是直接以陳玄祐的離魂記為粉本的。比較而言，在此類作品中，的確是陳氏離魂記更為典型，正如魯迅先生所說的那樣：

❼ 太平廣記卷三百五十八引幽明錄。

「雖尚不離於搜奇記逸，然敘述婉轉，文辭華豔，與六朝粗陳梗概者較，演進之跡甚明，而尤顯者乃在是時則始有意為小說。」（中國小說史略唐之傳奇文）六朝志怪與唐傳奇有一個共同點，即都以實錄的面目說事，後者篇幅漸長，描摹更細，小說意味趨於濃重，便是所謂「有意為小說」，說白了，是文藝性增強了。然而，二者之間的承襲關係還是不言而喻的。鄭德輝的倩女離魂雜劇，上承六朝志怪小說和唐傳奇中離魂故事的影響，並逕直取了陳玄祐離魂記的故事框架，同時也汲取了唐以後諸多演繹離魂類型故事說唱藝術的營養，經過一番精心的再創作，將離魂故事推上了一個嶄新的高度。

北宋詞人秦觀曾寫有十首調笑令，其中第十首吟詠的即是倩娘離魂事：

詩曰：

深閨女兒嬌復癡，春愁春恨那復知？

舅兄唯有相拘意，暗想花心臨別時。

離舟欲解春江暮，冉冉香魂逐君去，

重來兩身復一身，夢覺春風化心素。

曲子：

心素，與誰語？始信別離情最苦。

蘭舟欲解春江暮，精爽隨君歸去。

異時攜手重來處，夢覺春風庭戶。❽

此調笑令，前面是一首七言詩，後面緊接一首曲子。案，據詞譜調笑令調名亦作古調笑、宮中調笑、三臺令等，有三十二字與三十八字兩體，前者有疊句，後者無疊句。此為後者。一詩一詞（曲）的形式，難以展開來敘述鋪排，局限性是明顯的。然離魂記故事已然引起文人階層的喜聞樂見，並漸為市井俗文學所取材，則是值得注意的，這是離魂型作品題材演變鍊條上的重要環節。果然，隨著說話藝術的不斷發展，說話人也取了離魂記事加以敷演。在南宋皇都風月主人所編的綠窗新話卷上第五十七條中，輯錄了張倩娘離魂故事，題作張倩娘離魂奔婿：

張鎰，家於衡陽，幼女倩娘，端妙絕倫。見外甥王宙美容範，嘗戲言：「後當以小女妻君。」會鎰有賓僚之選，女聞不樂，宙亦生恨，請赴上國。登岸數里，夜半，有一人岸上呼舟而來，乃倩娘也。宙喜，倍道入蜀。居數年，生二子。倩娘思其父母，遂命舟俱歸衡陽。至州，宙先詣謝。鎰愕然曰：「倩娘病在閨中數年。」促使驗之，見倩娘在舟中。家人以狀告室中女，女喜而起。倩娘下車，室中女出迎，翕然合為一體。❾

此條文字簡約，較陳玄祐原著更為粗略。因為它當是說話人底本的縮寫，是提要或稱梗概。登場表演時是要將故事展開並充分發揮的，便是醉翁談錄小說開闢中所謂的「敷演處有規模，有收拾，冷淡處

❽ 唐圭璋編全宋詞第一冊第四六六—四六七頁，北京，中華書局，西元一九六五年。

❾ 周楞伽箋注綠窗新話第一〇四頁，上海，上海古籍出版社，西元一九九一年。

提掇得有家數，熱鬧處敷演得越久長」。想來張倩娘離魂奔婿在說話人那裡一定是曲折婉轉、繪聲繪色，且有一定長度的。

說宋代已經有了倩女離魂題材的說話藝術形式表演，還可以找到一個有力的證據，在釋普濟五燈會元卷十六長蘆信禪師法嗣慧林懷深禪師條中，有這樣的記載：「蔣山佛鑑懃禪師行化至……鑑舉倩女離魂話，反覆窮之，大豁疑礙。」⑩倩女離魂話竟然能使佛家「大豁疑礙」，何等有趣！尤為值得注意的是，這裡稱作「倩女」，不再叫（張）「倩娘」了。說話的標題與德輝雜劇的題名也完全一致。雖然說話的詳細內容包括細節我們無法得知，但無法排除二者之間的聯繫。德輝是否聽過說話藝人的表演，或看過今已亡佚了的倩女離魂話本，我們也無從判斷，有一點卻是明確的，即倩女離魂雜劇絕不僅僅是對離魂記直截的、簡單的改寫，而是一種創造性的「重寫」，其對離魂母題有繼承、有發揚。宋金之季的董解元⑪在其西廂記諸宮調中亦曾提到了「離魂倩女」，可知諸宮調中也有敷演張倩女故事的。董西廂卷一有云：「比前賢樂府不中聽，在諸宮調裏卻著數。一箇箇旖旎風流濟楚，不比其餘。」（〔太平賺〕）接著數列出一系列諸宮調作品：

⑩ 宋普濟五燈會元（下冊）第一〇八八頁，北京，中華書局，西元一九八四年。

⑪ 關於董解元的時代，錄鬼簿注明為金章宗時代（西元一一九〇－一二〇八）人。而凌景埏先生則根據「引辭」中「吾皇德化，喜遇太平多暇」句，以為董氏「生存的時期當早於金章宗在位時期，或者竟是南宋初期的人」。見凌景埏校注董解元西廂記前言第二頁，北京，人民文學出版社，西元一九八六年。

〔柘枝令〕也不是崔韜逢雌虎，也不是鄭子遇妖狐，也不是井底引銀瓶，也不是雙女奪夫。也不是離魂倩女，也不是謁漿崔護，也不是雙漸豫章城，也不是柳毅傳書。⓬

所列舉的諸宮調作品，應是當時市井間人們所熟悉的故事，且多是從唐宋間傳奇敷演而來。諸宮調是一種說唱藝術，元雜劇則是一種戲劇藝術，雖然二者之間有著體製上的不同，但在題材內容和形式體例方面卻有密切的聯繫。諸宮調「離魂倩女」故事今不傳，它與倩女離魂雜劇之間究竟是怎樣的承襲遞嬗情況，很難猜測，然作為離魂型母題發展、流變的一個環節，可以說它或多或少會對倩女離魂雜劇有所影響或啟示。況且元初的趙公輔也寫有棲鳳堂倩女離魂雜劇，說鄭德輝的迷青瑣倩女離魂是在趙劇以及其他相關說唱作品基礎上天才創造而成，當不是無根之談，而離魂記傳奇僅僅是本事而已。那種將鄭劇看作是由陳氏傳奇改編而來，是不確切的。無論就思想傾向還是情節結構，乃至人物形象，二者之間的差異都是顯而易見的，更勿論藝術手法及美學追求。

四

應該說鄭德輝的倩女離魂雜劇（以下簡稱為「鄭劇」）與陳玄祐的傳奇文離魂記（以下簡稱為「本事」）並非單純的所謂「互文闡發」。前者視閾開闊，切入角度獨特，故事情節展開自然而然，與志怪和傳奇畫開明顯的界限；而後者發端突兀，尚未脫卻「搜奇記逸」，旨在實錄的影子。前者敘述婉轉曲折，

⓬ 同上書正文第二一三頁。

描寫細微生動；後者文字簡約，敘事粗略。前者人物形象鮮明，心理活動細膩真切；後者人物形象神秘、閃爍，幾無心理活動描寫。這並非是貶斥唐人傳奇，因時代不同，形式體例的各異，產生了如此的差別。唐人小說在文學史上自有其重要的意義，但作為「行卷」風氣的產物，其局限性也是自不待言的。總之，鄭劇只是取了本事的基本框架，經過天才地再創造，完成了一本戲劇史上的不朽傑作。

我們來看鄭劇的重寫（或言再創造）與本事的諸多不同之處。

首先，戲劇是衝突的藝術，危機的藝術。二者間戲劇性衝突焦點有著根本的不同。本事中倩娘與王宙是青梅竹馬，張鎰覺得外甥「幼聰悟，美容範」，曾口頭期許宙曰：「他時當以倩娘妻之。」此時兩個孩子尚未長成，鎰之期許是單方面的，率意的。後來許婚於賓寮，亦可見其昔日許宙不過是隨便說說，事後並沒有當真，甚至可能早已忘了自己不經意的許諾。特別是「家人莫知其狀」一句，即鎰與家人全然不知宙與倩娘互相屬意，「感想於寤寐」。按古代禮數，哪怕是指腹為親，必須是雙方家長面對面定奪，君子協定也好，立紙文書也罷，都是算數的。而單方面口頭期許，不能構成有效契約。故鎰答應賓寮之求，不能謂是對王宙的悔婚。在鄭劇中，情況則完全不同。王文舉與張倩女原是有婚約的，即指腹為婚。在楔子中，老夫人說得十分清楚：「先夫在日，曾與王同知家指腹成親。」王文舉也明言因父母雙亡，張家伯父下世，未曾完婚成親，並稱自己「一者待往長安應舉，二者就探望岳母」。結果是倩女一見王文舉，「神魂馳蕩」，情不能已，對於母親意欲悔婚，怨忿有加。如果說本事的矛盾衝突是一對有情人與食言（僅只是食言）家長（張鎰）之間的對立，如上文所述，那麼這種衝突是乏力的。鄭劇則是張母視王文舉父母雙亡，家道中落，以張家三輩兒不招白衣秀士為名，有賴婚之意。如此，矛盾衝突就提高到了等級制度與門第觀念的層面，青年男女追求婚姻自主、愛情自由，與封建家長恪守禮教觀念之間不可調合的矛盾衝突凸顯出來了。

其次，鄭劇中由於主要矛盾的展開，也帶來了一系列的次生矛盾，如倩女怨懟母親，與老夫人之間母女情的生忿。又如倩女自我內心的矛盾衝突，似尤為激烈，即擔心兩種結局都是悲劇的焦慮：一是王生得官另娶，所謂「別接了絲鞭」；一是王生落第，老夫人徹底毀棄婚約。「他得了官別就新婚，剝落呵羞歸故里」（第三折〔鬬鵪鶉〕）。這種焦慮與糾結劇中寫得相當充分，第二折中數曲可證。且看其中一曲：

〔東原樂〕你若是赴御宴瓊林罷，媒人每攔住馬，高挑起染渲佳人丹青畫，賣弄他生長在王侯宰相家。你戀著那奢華，你敢新婚燕爾在他門下。

倩女這種對自己前途命運的憂慮，是基於對老夫人的不信任，也是對未婚夫王生的擔心，宋元間的士子，因了仕途亨達而拋妻棄子者並非罕見，戲曲作品中（特別是南戲）之所以那麼多的「婚變戲」，反映的正是當時的一種社會現象。深入一層探討，倩女的靈魂出竅，追隨王生而去，固然是因為愛得深切，恐怕這種擔心的焦慮也是動因之一。看她向王生的表白，就很能說明問題：

〔拙魯速〕你若是似賈誼困在長沙，我敢似孟光般顯賢達。休想我半星兒意差，一分兒抹搭。我情願舉案齊眉傍書榻，任粗糲淡薄生涯；遮莫戴荊釵，穿布麻。

這是假設王生應舉落第，也要夫妻間患難與共，絕不分離。是一種決心，也是一種態度，更是一種誓言。到了第三折，王生遣張千往衡州送信，病中的倩女身聞得王生將攜一小姐而歸，誤會他另婚別娶，痛苦萬分，將喜書看作是「比休書多了箇封皮」，〔哨遍〕以下，連用六曲，反反覆覆，寫盡了內心的愁苦、怨忿與悲哀，劇作家將倩女這個心結著意渲染，貫穿於前三折，是耐人再三尋味的。軀體在現實中，病懨懨且愁苦不堪，內心掙扎著，似乎沒有希望，沒有出路；靈魂在理想中，「做著不怕」，任情遂性，彷彿前程花開滿路，錦繡成堆。此等寓意將現實的殘酷與理想的美好揭示得何等深刻！

再次，在本事中王宙對倩娘「亡命來奔」的態度是「驚喜發狂」，「欣躍特甚」；而在鄭劇中王文舉對倩女「一徑的趕來」竟然是怒氣詾詾，說什麼「聘則為妻，奔則為妾」，「你今私自趕來，有玷風化，是何道理」？如何理解王生既愛倩女，卻出此言呢？兩個作品中的人物形象又何以如此大相逕庭？我們這裡須作一點簡單分析：本事的故事背景是武則天天授三年（西元六九二年），實際上天授只有兩年，西元六九二年已改年號為如意，即天授三年也可稱作如意元年。八十多年後的大曆末年（西元七七八），陳玄祐聞得故事始末，將其記載下來。故事發生在初、盛唐時期，撰為傳奇則是中唐時期了。我們知道，唐代較宋以後是很開放的，在兩性交往中並非像後世那麼禁錮。陳寅恪先生說：「吾國社會風習，如關於男女禮法等問題，唐宋兩代實有不同。」此所謂不同，指唐代禮法寬鬆，宋以後則嚴格。先生又舉日本為例，謂「其所受影響最深者，多為華夏唐代之文化，與中國今日社會風氣經受宋以後文化之影響者，自有差別。斯事淺顯易見，不待詳論也。」⑬明乎此，庶幾可理解何以王宙見倩娘來奔，頓時表現出大喜過望之神情了。陳寅恪先生還論斷道：「唐代自高宗武則天以後，由文詞科舉進身之新興階級，大抵放蕩而不拘守禮法，與山東舊日士族甚異。」⑭本事故事背景恰在武則天時期，如此，王宙之舉動似更好理解了。再看鄭劇中倩女之魂追趕到王文舉之後，王的表現，是不是有些酸腐的頭巾氣呢？之所以如此，首先是時代不同了。鄭劇雖不曾交待故事發生的時代背景，然劇作家生活在元代，他的思想觀念承襲的是漢族士人傳統，即宋以後正統的、以儒家倫理觀為主導的處世原則，王文舉的態度當是德輝倫理觀念的折射，或者說人物形象的塑造，自覺不自覺地流露出劇作家的潛意識。文學作品無法脫離開所由產生它的時代背景，包括狀元及第、衣錦還鄉的大團圓結局，都不過是元代士人普遍的夢幻和希冀，自然也是劇作家的願望和理想。鄭劇中王文舉這個角色雖由正末扮演，卻戲分兒不多，受到元雜劇形式體例的限制，人物形象塑造有些模糊，性格也不夠鮮明，但他似乎有劇作家思想意識的影子，同時也依稀透露出時代的烙印。元代士人於科舉路斷的大背景下，懷念和嚮往科舉進身制度，一方面不願與元蒙統治者合作，一方面又六神無主，即便是側身勾欄瓦舍，或隱逸山水林泉，心地裡仍守望著漢民族傳統文化。鄭劇中的王文舉形象意義在此。

至於張倩女形象，則是劇作家著意刻劃的一個帶有早期民主意識，勇於追求自主婚姻愛情的女子形象，尤其是魂旦形象，「本真情」，敢做敢當，潑辣，執著，寧折不屈，儼然後世女權主義鬥士，亦彷彿

⑬ 陳寅恪元白詩箋證稿第五十二頁，上海，上海古籍出版社，西元一九七八年。

⑭ 同上。

市井間的倔強女子。倩女魂魄是象徵性的，同時也是具體的、實在的。她的出奔，屏障是多重的。官宦貴家的千金小姐，自幼必受傳統禮教思想教育與熏陶，這是她首先要面對的心理上的掙扎；老夫人的拘箝與間阻，封建禮教勢力的壓抑與脅迫，籠罩在她的頭頂；特別出乎她意料之外的，是王生迂腐的態度，居然也構成了一種阻撓她的合力。然而，所有這一切，都被她毫不猶豫地衝決了。既邁出了這叛逆的關鍵一步，便絕不回頭，「凝睇不歸家」！倩女魂魄形象，折射出劇作家思想的另一面，即對宋明理學思想強有力的抗拒。南宋以降，理學思想大行其道，入元後甚至被尊為官方哲學。而它的極端化卻又激起了一股逆反的思潮，隨著市民階層人性的覺醒，市民文學蓬勃興起，文人雅士紛紛染指俗文學創作，以戲曲、小說和說唱文學為代表的敘事性文學作品呈現出一派嶄新的、生機勃勃的局面。荷蘭著名漢學家高羅佩(R. H. van Gulik, 1910–1967)在他的秘戲圖考英文自序中曾說過：「中國人希望在藝術與文學中盡可能回避愛的色欲外表，這一點是值得讚許的」；「但不可否認，中國人走向了另一極端」。此所謂「另一極端」，乃是指對正當的愛欲採取禁忌與壓抑的做法，高羅佩將其稱作「虛情矯飾」。他指出：「虛情矯飾在唐代（西元六一八—九〇七年）和唐以前實際上並不存在。虛情矯飾可溯源於宋時期（西元九六〇—一二七九年），當時，在古老的儒家經典的再檢驗下，男女有別之古義，被頭腦狹隘的學者們所誤解。這種固執的態度在元朝（西元一二八〇—一三六六年）期間有所鬆弛。中國人在戰鬥中的失敗和在蒙古人奴役下的苦難生活，引起了一種輕浮娛樂的反應，於是中國的劇本和色情小說繁榮起來。」⑮高羅佩看到了元代禮教禁錮鬆弛的一面，但對所以鬆弛的原因卻未加細究。如果說宋儒們所建立起來的理

⑮（荷）高羅佩秘戲圖考第四—五頁，楊權譯，廣州，廣東人民出版社，西元一九九二年。

學（或稱道學），其中確有「頭腦狹隘的學者」種種誤解和保守，那末元代的思想家則相對比較開放。北方的許衡、劉因；南方的黃震、鄧牧、吳澄等，都是有代表性的。他們與此前皓首窮經的儒生們不同。如許衡就將「中」理解為「隨時變易」，謂「時既不同，義亦隨異」（許文正公遺書語錄下讀易私言）。而黃震則認為「聖人亦與人同爾」（黃氏日鈔讀論語十五志學）。這就在宋明理學與明代王學之間架起了一座橋梁，亦開泰州學派「百姓日用之學之先聲。」王艮說：「惟皇上帝，降『中』於民，本無不同，鳶飛魚躍，此『中』也。」（王心齋先生遺集卷一語錄）即所謂「天性之體，本是活潑」（同上）。人的饑餐渴飲，男女之愛，正是活潑潑生機盎然的「天性之體」。

社會思潮的激盪與感染，出入勾欄和作為小吏而接觸底層的經歷，德輝的天性遂被激發出來，他的詞曲天賦隨之得以充分的展示，一發而不可遏止。顯然，他的思想觀念似乎是矛盾的。倩女形象，尤其是倩女魂魄形象是他的一面，而王文舉形象則是他的另一面。他在劇中調合了這種矛盾，這便是王文舉的妥協——按老夫人的嚴命去求取功名，以及爭執之後同意攜倩女（魂）一道上朝取應。這是頗為耐人玩味的。由於旦本戲體制的約束，鄭劇只能由正旦和魂旦主唱，正末只有賓白，即所謂「女強男弱」，故完整的倩女形象無疑是鮮明的、立體的、光彩照人的。特別是以超現實的魔幻手法描摹的魂旦形象，亦幻亦真，妙絕天人，奇絕而浪漫，詭異而美麗，在元雜劇中獨樹一幟。

五

歷來曲論家皆交口稱譽鄭德輝倩女離魂雜劇的藝術成就，對其曲詞之美更是讚賞有加，允為佳篇傑構。如明人孟稱舜謂其「酸楚哀怨，令人腸斷。昔時西廂記，近日牡丹亭，皆為傳情絕調，兼之者其此劇乎」（古今名劇合選柳枝集）！至於其曲詞之美，明人何良俊謂其「清麗流便，語入本色。然殊不穠郁，宜不諧於俗耳也」（四友齋叢說）。清人姚燮稱其「靈心慧舌」（今樂考證），近人王國維則將德輝喻為唐詩中之溫飛卿，宋詞中之秦少游（宋元戲曲考）。凡屬此等讚譽之詞，不一而足。然而，倩女離魂雜劇的藝術成就更在於創新與獨到之處。

戲劇藝術，首重結構。是劇四折一楔子，第一、三折由正旦主唱，乃是倩女之實體；二、四折由魂旦主唱，是為倩女出竅之靈魂。話分兩頭，雙線結構。後世前有琵琶記，後有牡丹亭，都是雙線敘事結構，然前者通篇實體敘事，後者只有魂靈行動而無在家病體，還是有區別的。鄭劇將一個鍾情佳人，體、靈分開寫，時、空割裂敘述，便於強烈對比，突顯反襯，從而成功塑造了完整的倩女形象，一而二，二而一，體、魂既可分離，靈、肉亦為一體。一面是被傳統禮教和道學教條束縛、禁錮得奄奄一息的病體；一面是掙脫了牢籠後自由自在，一靈咬住，為追求美好愛情而自由自在的魂魄。於是，兩個倩女形象，兩種空間背景；不同的心情意緒，不同的身姿神態，交替敘寫，錯落描摹，最終綰結於「魂旦附正旦體」，翕然合併。這是藝術構思，也是結構安排，更是一種美學追求。這裡順便說到，或以為離魂情節是因襲西廂記第四本第四折的「草橋店驚夢」，恐不確。須知西廂記中張生只是在夢中見鶯鶯追來，驚覺之後則是「虛飄飄莊周夢蝴蝶」。而在倩女離魂中追趕王生的卻是倩女之魂，與夢境不同。這個魂幾與實體無異，且她的確與王生一道「雲帆高掛，月明直下」，奔赴京城而去。如此描寫，介於浪漫與寫實之間，臨於荒誕與信美之際。如果說二者的曲詞略有幾分相似，那是因為情境多少有些相近罷了。先來看「草橋店驚夢」中的曲詞：

〔喬木查〕走荒郊曠野，把不住心嬌怯，喘吁吁難將兩氣接。疾忙趕上者，打草驚蛇。

〔攪箏琶〕他把我心腸搯，因此不避路途賒。瞞過俺能拘管的夫人，穩住俺廝齊攢的侍妾。想著他臨上馬痛傷嗟，哭得我也似癡呆。不是我心邪，自別離已後，到西日初斜，愁得來陡峻，瘦得來唓嗻。別離得半個日頭，卻早又寬掩過翠裙三四褶，誰曾經這般磨滅？

〔錦上花〕有限姻緣，方纔寧貼，無奈功名，使人離缺。害不了的愁懷，恰纔覺些；撇不下的相思，如今又也。

〔幺篇〕清霜靜碧波，白露下黃葉。下下高高，道路曲折；四野風來，左右亂踅，我這裏奔馳，他何處困歇？

再看倩女離魂第二折中的曲詞：

〔小桃紅〕我驀聽得馬嘶人語鬧喧譁，掩映在垂楊下，諕的我心頭丕丕那驚怕，原來是響瑠瑠鳴榔板捕魚蝦。我這裏順西風悄悄聽沉罷，趁著這厭厭露華，對著這澄澄月下，驚的那呀呀呀寒鴈起平沙。

〔調笑令〕向沙堤款踏，莎草帶霜滑；掠濕湘裙翡翠紗，抵多少蒼苔露冷凌波襪。看江上晚來堪畫，玩冰壺瀲灩天上下，似一片碧玉無瑕。

〔禿厮兒〕你覷遠浦孤鶩落霞，枯藤老樹昏鴉，聽長笛一聲何處發，歌欸乃，櫓咿啞。

〔聖藥王〕近蓼洼，纜釣槎，有折蒲衰柳老蒹葭；傍水凹，折藕芽，見烟籠寒水月籠沙。茅舍兩三家。

兩相對讀，意趣確有相通之處，曲詞亦各逞其美。惟以景物襯托人物心理活動方面，鄭曲似更為細膩，其中〔聖藥王〕曲，正是為何良俊所激賞之處。上引第二折四曲，寫得跳脫靈動而又飄渺無際，摹女郎急切心緒未寧之聲吻，肖魂靈出竅恍惚迷離之神態。景物清空如畫，人物彌見天真。何止是一支〔聖藥王〕曲，第二折諸曲皆陶寫透紙，各臻其妙。其熔鑄前人詩句，亦了無滯礙，通透自然。從結構布局層面觀之，第二折是重中之重，正是劇作家著意之筆，自然也就成為全劇精采絕倫之處。簡潔明瞭的「楔子」之後，第一折寫倩女「自從見了王生，神魂馳蕩」，一往而情深。只因王生內才外貌非凡，況且有指腹之約，故她的屬意耽情並非通常意義上的一見鍾情。倩女眼中的王生絕不是等閒之輩：

〔鵲踏枝〕據胸次那英豪，論人物更清高，他管跳出黃塵，走上青霄。又不比鬧清曉茅檐燕雀，他是掣風濤混海鯨鰲。

正當她對王生情深意濃，憧憬著琴瑟和鳴之際，老夫人迫使王生急赴京師求取功名，遂使倩女陷於痛苦之中。「窺之遠天寬地窄，染之重夢斷魂勞」。第一折寫倩女心理活動，細微真切，生動傳神，為後面「魂追」鋪墊得很充分。這樣的安排，結構上既緊湊，又嚴密。緊接著，進入第二折，劇作家才情煥發，用極盡浪漫色彩的神奇之筆，反覆渲染蕭肅的暮秋景象，以襯托魂旦的內心的急切和忐忑。終於在一對戀人同舟共濟，一道乘輿往京城進發之時，劇作家並沒有繼續寫二人在京城的恩愛生活，而是在第三折中抽筆去寫正旦苦苦相思，「抱沉痾，添新病發昏迷」，這是一種跌宕，也是一種逆轉與反襯——倩女的實體在現實中煎熬，深閨有如牢籠，這裡沒有「蝴蝶飛，錦樹繞」，更沒有愛情自由和婚姻自主，有的只是壓抑和窒息。第三折與第一折是呼應的。半年過去，從秋至春，「離愁添縈繫」，相思病更重。同時因為一紙書信造成了誤會，使病中倩女滿腔怨憤。這又是一個戲劇藝術中常見的誤會性衝突。有趣的是身與心，或者說是體與魂之間竟然是互不相通，病體並不知道自己「身不去卻教心去了」，其妙耐人尋味不已。

元劇四折一楔子的形式局限性是明顯的，特別是一人主唱，難以在一劇中將多個人物塑造得很豐滿；然其優勢也很突出，它緊湊嚴整，有利於集中塑造一個主要人物，也宜於戲劇作品寫得凝煉精粹。德輝在此劇中將元劇的體式運用得純熟而精到，可謂得心應手。試看在第四折中，筆勢又宕開了。既是水到渠成，也是觀者的企盼。一對甜甜蜜蜜的小夫妻並肩攜手，踏著大好春光，雙雙回家省親了。這回不再是乘舟，而是勒玉繮，跨龍駒。一則馬上可飽覽沿途風光，再則馬上畢竟威風，狀元及第後是要跨馬遊街的，所謂「春風得意馬蹄疾，一日看盡長安花」。第四折將時序設置在暮春時節：「暮春天景物撩人興，更見景留情。怪的是滿路花生，一攢攢綠楊紅杏，一雙雙紫燕黃鶯；一對蜂，一對蝶，各相比並。

想天公知他是怎生，不肯教惡了人情」（〔刮地風〕）。尾二句謂老天不負有情人，以美好春色相伴小夫妻喜悅的心情。離別和魂魄出走時是暮秋時節，一片蕭瑟蒼茫；雙雙歸來時則是姹紫嫣紅，鶯歌燕舞，蜂蝶成雙成對。是大對比，大反襯。二、四折遙相映照，藝術效果非常強烈。如此匠心獨運的結構措置，是劇作家彌合理想與現實矛盾的良苦用心、慘澹經營，其創造力與獨特性是頗為可觀的。

除了結構上別具特色之外，在關目設置與情節安排上，倩女離魂刪繁就簡，以便於凸顯主要矛盾衝突。如將老夫人的間阻寫得很簡略，曩日以聯姻以維護家族利益，後者又以門第觀念橫加干涉，其勢利、圓滑的面目清晰可見。這種衝突與對立，是一時無法調合的。再如王文舉的道學觀與書生氣，也為倩女心理上蒙上一層烟霧。他折柳亭上念念不忘金榜題名，卻喚起了倩女的隱憂——擔心他「別接了絲鞭」。劇中對王文舉，寫得也很簡略，因為其中原由，昭然若揭，再清楚不過了。這樣安排，既可以騰出筆墨集中塑造倩女形象，又可以收到楮墨雅潔、不以塗澤為工的效果，是為藝術聚焦之手段，而焦點自然是倩女形象。其實以上兩種衝突，再加上傳統世俗禮教勢力的種種禁忌，揭示的正是一個時代思想文化特色。宋元時期，是中國思想文化激變的當口，市民思想與市井文化滲透進文學創作領域，傳統的道德倫理觀念因了人道主義思想的萌生和人性的覺醒，被逐漸解體與重構，加之市民意識中個性解放和初步民主思想的張揚，追求自主婚姻與愛情的訴求日趨強烈。由於這種訴求與渴望尚處於社會的轉型時期，傳統的思想餘威未滅，因而倩女只能在諸種矛盾衝突中艱難掙扎，拚力突圍。當象徵情感意志的魂魄逃出閨閣，義無返顧地追隨愛情而去，終於獲得了新生。她的叛逆精神與反抗行動正是在與禮教禁錮、門第觀念以及自身固有的傳統思想激烈衝突中凸顯出來，同時也是時代思潮的折射。因此，略去枝蔓，集中筆墨塑造倩女形象，是此劇成為不朽傑作，並與王實甫的西廂記、關漢卿的拜月亭、白樸的牆頭馬上並譽為元雜劇「四大愛情劇」的重要原因之一。

說到曲詞的藝術特色，前賢時俊已多有論述，一致評價極高。這裡簡單概括三點：

一是情幽而古豔，哀婉而動人，無異於樂府之遺音。如第一折的〔混江龍〕曲：

可正是暮秋天道，儘收拾心事上眉梢。鏡臺兒何曾覽照，繡針兒不曾拈著。常恨夜坐窗前燭影昏，一任晚妝樓上月兒高。俺本是乘鸞艷質，他須有中雀丰標。苦被煞尊堂間阻，爭把俺情義輕拋。空誤了幽期密約，虛過了月夕花朝。無緣配合，有分煎熬。情默默難解自無聊，病懨懨則怕娘知道。窺之遠天寬地窄，染之重夢斷魂勞。

此曲如泣如訴，一氣呵成，極寫倩女深閨哀怨，讀之如聞其聲，其妙可掬。類此曲詞者，劇中還有不少。王靜安先生曾拈出第三折中的〔醉春風〕和〔迎仙客〕二曲，謂「此種曲如彈丸脫手，後人無能為役」⑯。豈止是後人「無能為役」，便是同時代人，亦很少能與其匹敵者。

二是大俗大雅熔於一爐，文而不澀，俗能暢達。第二折中的〔紫花兒序〕較有代表性：

⑯ 王國維宋元戲曲考十二元劇之文章，見王國維戲曲論文集第八十六頁，北京，中國戲劇出版社，西元一九八四年。

只道你急煎煎趲登程路，原來是悶沉沉困倚琴書，怎不教我痛煞煞淚濕琵琶。有甚心著霧鬢輕籠蟬翅，雙眉淡掃宮鴉。似落絮飛花，誰待問出外爭如只在家。更無多話，願秋風駕百尺高帆，儘春光付一樹鉛華。

前半多用疊字句，極饒民謠俗曲風味；後半雅俗雜揉，色澤明麗，繞指般柔美。第四折中的〔古水仙子〕曲在雅俗無間方面也是很好的例子：

全不想這姻親是舊盟，則待教祆廟火刮刮匝匝烈焰生，將水面上鴛鴦忒楞楞騰分開交頸，疏剌剌沙鞲雕鞍撒了鎖鞓，廝琅琅湯偷香處喝號提鈴，支楞楞爭絃斷了不續碧玉箏，吉丁丁璫精磚上摔破菱花鏡，撲通通冬井底墜銀瓶。

連著排比一系列的象聲詞，疊字雙聲，聲聲入耳，琅琅上口。看上去俚俗中卻又連續用典，足見德輝在駕馭語言上的深厚功力。

三是氛圍的營造與人物心理活動契合得水乳交融。寫景並非為了單純展示自然之美，而是扣緊人物的喜怒哀樂，一呼一吸。關於這一點，第二、四折的曲詞足以說明問題，前已舉列。茲再看第三折的一曲〔迎仙客〕：

日長也愁更長，紅稀也信尤稀。春歸也奄然人未歸。我則道相別也數十年，我則道相隔著幾萬里。為數歸期，則那竹院裏刻遍琅玕翠。

暮春天氣，綠肥紅稀。閨中人懷人幽怨，走出深閨，刻遍琅玕，意境不可謂不寂寥。洵為景色宛然，人情淒楚。便是獨立為一首閨怨詞，亦堪稱佳篇妙構。

六

倩女離魂雜劇，見於著錄的有：

①天一閣本錄鬼簿　簡名倩女離魂　注云：「次本」
②說集本錄鬼簿　簡名倩女離魂
③孟稱舜本錄鬼簿　簡名倩女離魂
④曹楝亭本錄鬼簿　正名「迷青瑣倩女離魂」
⑤太和正音譜　簡名倩女離魂
⑥寶文堂書目　正名「迷青瑣倩女離魂」
⑦也是園書目　正名「迷青瑣倩女離魂」
⑧今樂考證　正名「迷青瑣倩女離魂」
⑨王國維曲錄　正名「迷青瑣倩女離魂」

⑩邵曾祺編著元明北雜劇總目考略　正名「迷青瑣倩女離魂」　簡名倩女離魂

今存版本有：

①脈望館古名家雜劇本

題目「鳳闕詔催徵舉子

陽關曲慘送行人」

正名「調素琴書生寄恨

迷青瑣倩女離魂」

②顧曲齋元人雜劇選本

題目「鳳闕詔催徵舉子

陽關曲慘送行人」

正名「調素琴書生寄恨

迷青瑣倩女離魂」

③臧晉叔元曲選本

題目「調素琴王生寫恨」

正名「迷青瑣倩女離魂」

④孟稱舜古今名劇合選柳枝集本

題目「鳳闕催詔徵舉子

陽關曲慘送行人」
正名「調素琴書生寫恨
迷青瑣倩女離魂」

本書的校勘整理，以臧晉叔元曲選本為底本，並參酌前輩時賢諸多校注本，擇善而從。校點尤以王季思先生全元戲曲本借鑑為多。為了避免繁瑣，本書不出校勘記，在比勘諸本選其所從者後，於注釋中加以說明，凡依於元曲選本則不作說明。對於異體字，一般情況下逕改之，個別偏僻或容易引起歧異的字，第一次出現時注明，重複出現時則逕改之。

注釋部分，盡可能在參考諸家注本的基礎上，注出一些新意來，既要釐清用典的出處原委，又要弄清楚俚句俗語的本義及用法。注文在文字表達上盡可能簡明扼要，避免餖飣羅列和不必要的繁瑣考證。原則是務求貫通，以方便讀者閱讀。注書不易，注出新意更難。但這個工作也很有意義，它是研究工作的基礎。本書校注雖已盡一己之力，疏漏和不足之處恐怕仍難以避免，尚祈海內外專家同好和讀者方家不吝郢政。

西元二〇一七年三月草畢
二〇一八年二月改定
於金陵秦淮河西之茗花齋

調素琴王生寫恨
倣楊士賢筆

迷青瑣倩女離魂

折目

楔子……一
第一折……五
第二折……一五
第三折……二三
第四折……三六

楔子❶

（旦扮夫人引從人上❷，詩云）花有重開日，人無再少年。休道黃金貴，安樂最值錢。老身姓李，夫主姓張，早年間亡化已過，止有一個女孩兒，小字倩女，年長一十七歲。孩兒針指女工，飲食茶水，無所不會。先夫在日，曾與王同知家指腹成親。王家生的是男，名喚王文舉。此生年紀今長成了，聞他滿腹文章，尚未娶妻。老身也曾數次寄書去，孩兒說要來探望老身，就成此親事❸。下次小的每，門首看者，若孩兒來時，報的我知道。（正末扮王文舉上❹，云）黃卷青燈一腐儒，三槐九棘位中居。世

❶ 楔子：元雜劇形式體例術語，一般置於開篇，相當於引子或序幕；也可以置於折與折之間，相當於過場戲，起結構上的連接作用。楔，音ㄒㄧㄝˋ。本為木工用語，指一端平厚、一端扁銳的木或竹片，用以插入榫縫或空隙中，起加固牢靠作用。元雜劇中的楔子，通常不用套曲，只用一、二支小曲，曲牌多用〔正宮・端正好〕或〔仙呂・賞花時〕。

❷ 旦扮夫人引從人上：旦，傳統戲曲角色行當名。元雜劇中的旦，是女角色的通稱，正旦纔是扮演女主人公並主唱者。本劇是由正旦扮張倩女主唱的旦本戲，故楔子中扮老夫人者乃是統稱之旦。此旦扮夫人沖場，別本則不同。顧曲齋本和脈望館本均作「沖末」扮夫人沖場。

❸ 就成此親事：此句別本均無。

❹ 正末扮王文舉上：此句顧曲齋本、脈望館本均作「末扮細酸上」。細酸，為元劇中清貧書生角色的通稱。「末」

人只說文章貴，何事男兒不讀書❺。小生姓王，名文舉。先父任衡州同知，不幸父母雙亡❻。父親存日，曾與本處張公弼指腹成親。不想先母生了小生，張宅生了一女，因伯父下世，不曾成此親事。岳母數次寄書來問。如今春榜動，選場開❼，小生一者待往長安應舉，二者就探望岳母走一遭去。可早來到也。左右報復去，道有王文舉在于門首。（從人報科，云）報的夫人知道，外邊有一個秀才，說是王文舉。（夫人云）我語未懸口，孩兒早到了。道有請。（做見科）（正末云）孩兒一向有失探望，母親請坐，受你孩兒幾拜。（做拜科）（夫人云）孩兒請起，穩便。（正末云）母親，你孩兒此來，一者拜候岳母，二者上朝進取去。（夫人云）孩兒請坐。下次小的每，說與梅香，繡房中請出小姐來拜哥哥者。（從人云）理會的。後堂傳與小姐，老夫人有請。（正旦引梅香上云）妾身姓張，小字倩女，年長一十

即後世戲曲中之「生」。

❺ 黃卷青燈一腐儒四句：這四句上場詩與別本異，顧曲齋本和脈望館本均為兩句：「萬般皆下品，惟有讀書高。」三槐九棘，猶言三公九卿。亦作「九棘三槐」。周禮秋官朝士：「朝士掌建邦外朝之法。左九棘，孤卿大夫位焉，群士在其後；右九棘，公侯伯子男位焉，州長眾庶在其後。」鄭玄注：「樹棘以為位者，取其赤心而外刺，象以赤心三刺也。槐之言懷也，懷來人於此，欲與之謀。」後遂以三槐九棘為三公九卿之代稱。又，相傳周朝宮廷外種有三棵槐樹，三公朝天子時，面向三槐而立。因以三槐以喻三公。唐吳兢貞觀政要刑法：「古者斷獄，必訊於三槐九棘之官，今三公九卿，即其職也。」明王世貞鳴鳳記花樓春宴：「四美二難真際會，九棘三槐盡我儕。」

❻ 先父任衡州同知二句下，顧曲齋本和脈望館本有「學成滿腹文章，奈未曾進取功名」二句。

❼ 如今春榜動二句：指科舉時代春季開科取士。唐代春試於春夏之間舉行；宋代禮部復試在二月，殿試在四月；元代會試在二月，明清因之。

七歲。不幸父親亡逝已過。父親在日，曾與王同知指腹成親。後來王宅生一子，是王文舉；俺家得了妾身。不想王生父母雙亡，不曾成就這門親事。今日母親在前廳上呼喚，不知有甚事？梅香，跟我見母親去來。（梅香云）姐姐行動些。（做見科）（正旦云）母親，喚您孩兒有何事？（夫人云）孩兒，向前拜了你哥哥者。（做拜科）（夫人云）孩兒，這是倩女。小姐，且回綉房中去。（正旦出門科，云）梅香，咱那裏得這個哥哥來。（梅香云）姐姐你不認的他？則他便是指腹成親的王秀才。（正旦云）則他便是王生。俺母親著我拜為哥哥，不知主何意也呵？（唱）

【仙呂・賞花時】他是箇嬌帽輕衫小小郎⑧，我是箇繡帔香車楚楚娘⑨：恰才貌正相當。俺娘向陽臺路上，高築起一堵雨雲牆⑩。

【幺篇】可待要隔斷巫山窈窕娘，怨女鰥男各自傷⑪。不爭你左使著一片黑心腸，你不

---

⑧ 嬌帽輕衫小小郎：謂打扮得清清爽爽的少年。「嬌帽」原作「矯帽」，此據顧曲齋本、柳枝集本改。

⑨ 楚楚娘：猶言穿戴齊整、美麗動人的姑娘。「楚楚」有多義，這裡主要指華麗、鮮豔，因前有「繡帔香車」修飾。

⑩ 俺娘向陽臺路上二句：是說老夫人命倩女拜王文舉為哥哥，便是阻斷了姻親關係。陽臺、雨雲，本於戰國楚宋玉高唐賦，賦中說楚王遊於高唐，夢中遇巫山神女，幸之。去而賦辭曰：「妾在巫山之陽，高丘之岨，旦為朝雲，暮為行雨，朝朝暮暮，陽臺之下。」後遂以陽臺、雨雲喻指男女歡會。

⑪ 可待要隔斷巫山窈窕娘二句：承上文，謂婚事被阻，倩女與王文舉都暗自傷神。怨女鰥男，指適齡而未嫁女子和隻身獨處男子。孟子梁惠王下：「內無怨女，外無曠夫。」曠夫與鰥男義略同。釋名釋親屬：「無妻曰鰥。」「各自傷」三字，顧曲齋本、脈望館本和柳枝集本均作「廝順當」。

拘箝我可倒不想，你把我越間阻越思量⑫。（同梅香下）（夫人云）下次小的每，打掃書房，著孩兒安下，溫習經史，不要誤了茶飯。（正末云）母親，休打掃書房，您孩兒便索長行，往京師應舉去也。（夫人云）孩兒且住一兩日，行程也未遲哩⑬。（詩云）試期尚遠莫心焦，且在寒家過幾朝。（正末詩云）只為禹門浪暖催人去，因此匆匆未敢問桃夭⑭。（同下）

⑫ 不爭你三句：任著你使盡阻撓壞心，（饒著你）不阻攔也就罷了，（你）越是阻攔我越是心堅。不爭，猶不怎。爭，通「怎」。左使，錯使。此指橫加阻隔。越間阻越思量，元曲之習用語。元白樸散曲〈中呂．陽春曲〉題情：「從來好事天生險，自古瓜兒苦後甜。奶娘催逼緊拘鉗，甚是嚴，越間阻越情忺。」拘鉗，嚴加拘管。

⑬ 行程也未遲哩：此句下顧曲齋本、脈望館本以及柳枝集本均有「下次小的每，安設酒肴，俺後堂中飲酒去來」三句，且三本均無二句下場詩。以下凡此三別本皆簡作「三本」。

⑭ 只為禹門浪暖催人去二句：是說科考應試時間緊迫，匆促間無暇問及婚事了。禹門，即龍門，傳為大禹氏所開鑿，位於今山西省河津縣西與陝西省韓城縣之間。科舉時代以鯉魚躍龍門喻士子金榜題名，科舉及第。浪暖，或作「桃花浪暖」，因春試乃在桃花盛開的時節舉行。桃夭，語本詩周南桃之夭夭：「桃之夭夭，灼灼其華。之子于歸，宜其室家。」朱熹詩集傳：「文王之化，自家而國，男女以正，婚姻以時。」故舊以「桃夭」喻女子婚嫁。

第一折

（正旦引梅香上云）妾身倩女，自從見了王生，神魂馳蕩。誰想俺母親悔了這親事，著我拜他做哥哥，不知主何意思？當此秋景，是好傷感人也呵！（唱）

【仙呂・點絳唇】捱徹涼宵，颯然驚覺，紗窗曉。落葉蕭蕭，滿地無人掃。

【混江龍】可正是暮秋天道❶，儘收拾心事上眉梢。鏡臺兒何曾覽照，繡針兒不待拈著❷。常恨夜坐窗前燭影昏，一任晚妝樓上月兒高。俺本是乘鸞豔質，他須有中雀丰標❸。苦被煞尊堂間阻，爭把俺情義輕拋。空誤了幽期密約，虛過了月夕花朝。無緣配

❶ 此〔混江龍〕曲各本多有不同處，首句前二本均有「斷腸人」三字。

❷ 繡針兒不待拈著：謂無心於針指女紅，懶得動手針線活兒。不待，亦作「不待見」，即不想、不願。拈著，猶拿著。

❸ 俺本是乘鸞豔質二句：以「乘鸞豔質」與「中雀丰標」相對舉，是說女貌郎才，天作之合。鸞，指鸞輿。豔質，貌美。中雀丰標，謂男子俊美有丰采，堪為佳婿。新唐書太穆竇皇后傳中說隋末的竇毅為其女兒擇婿，畫兩隻孔雀於屏上，凡求婚者，須以箭射孔雀目，每人二矢，中者招為婿。射者十數人，皆未中。李淵後射，二矢皆中雀目，毅遂將女許配李淵。後因將「中雀」喻指擇婿得遂。自「俺本是乘鸞豔質」句至「虛過了月夕花朝」句，三本並作「這鴛幃幼女，共蝸舍書生，本是夫妻義分，卻做兄妹排行。煞尊堂間阻，俺情義難

合，有分煎熬。情默默難解自無聊❹，病懨懨則怕娘知道❺。窺之遠天寬地窄，染之重夢斷魂勞。

（梅香云）姐姐，你省可裏煩惱。（正旦云）梅香，似這等幾時是了也！（唱）

【油葫蘆】他不病倒，我猜著敢消瘦了，被拘箝的不忿心教他怎動腳❻。雖不是路迢迢，早情隨著雲渺渺，淚灑做雨瀟瀟。不能夠傍闌干數曲湖山靠，恰便似望天涯一點青山小。（帶云）秀才他寄來的詩也埋怨俺娘哩。（唱）他多管是意不平自發揚，心不遂閒綴作❼，十分的賣風騷，顯秀麗，誇才調。我這裏詳句法看揮毫❽。

【天下樂】只道他讀書人志氣高，原來這淒涼甚日了❾。想俺這孤男寡女忒命薄。我安排著鴛鴦宿、錦被香，他盼望著鸞鳳鳴、琴瑟調，怎做得蝴蝶飛，錦樹繞？

絕；他偷傳錦字，我暗寄香囊。都則是家前院後，又不隔地北天南；空誤了數番密約，虛過了幾度黃昏」。此當是〔混江龍〕曲中增句，故可出韻。

❹ 情默默難解自無聊：此句下三本均有「冷清清誰問他孤另，病懨懨贏得傷懷抱」二句。

❺ 病懨懨則怕娘知道：此句「病懨懨」三字三本均作「瘦岩岩」。

❻ 被拘箝的不忿心句：此句中的「他」，三本並作「我」。

❼ 他多管是意不平自發揚二句：謂王文舉因心情不好而借作詩攄懷。多管，多半。發揚，抒發。綴作，即寫作。

❽ 詳句法看揮毫：即審視對方作詩的才能及其情意。

❾ 只道他讀書人志氣高二句：此二句三本均作「他端的有翊漢功臣意氣高，天數好難逃，這淒涼運幾時捱得了」三句。

（梅香云）姐姐，那王秀才生的一表人物，聰明浪子，論姐姐這個模樣，正和王秀才是一對兒。姐姐且寬心省煩惱。（正旦云）梅香，似這般如之奈何也！（唱）

【那吒令】我一年一日，過了團圓日較少；三十三天，覷了離恨天最高⑩；四百四病⑪，害了相思病怎熬。（帶云）他如今待應舉去呵。（唱）千里將鳳闕攀，一舉把龍門跳，接絲鞭總是妖嬈⑫。

（梅香云）姐姐，那王生端的內才外才相稱也。（正旦唱）

【鵲踏枝】據胸次那英豪，論人物更清高，他管跳出黃塵，走上青霄。又不比鬧清曉茅檐燕雀，他是掣風濤混海鯨鰲。

---

⑩ 三十三天二句：三十三天，梵語忉利天（Trāyastriṁśa）的意譯，即欲界六天之二。小乘有部認為是欲界十六天中的第六天。大智度論卷九：「須彌山高八萬四千由旬，上有三十三天城。」法苑珠林卷五載「欲界十天」，其六名為三十三天。俗則以天之極高處為三十三天。離恨天，俗又以三十三天中最高者為「離恨天」，戲曲、小說中往往以之比喻男女相愛，卻不能聚首相攜的境地。如元王實甫西廂記第一本第一折正末扮張生唱〔上馬嬌〕曲有句：「這的是兜率宮，休猜做了離恨天。」

⑪ 四百四病：與三十三天相對舉，謂相思病篤，離愁甚苦。為元劇中熟語，常有「三十三天，離恨天最高；四百四病，相思病最苦」之詞。

⑫ 千里將鳳闕攀三句：意為科舉及第，便可以與意中人將婚事定下來了——此是王生的想像之詞。鳳闕，本為漢代宮闕名，引申亦指皇宮、朝廷。鳳闕攀，喻通過科考，走上仕途。龍門，即禹門，見楔子注⑭。接絲鞭，指定下婚事。絲鞭，絲製的馬鞭，古時以其用作締結婚姻之信物。元關漢卿拜月亭雜劇第四折：「可是誰央及你個蔣狀元，一投得官也接了絲鞭。」妖嬈，本指嬌美、豔麗，此有遂意而心滿意足之意。

（帶云）梅香，那書生呵，（唱）

【寄生草】他拂素楮鵝溪繭，蘸中山玉兔毫⑬。不弱如駱賓王夜作論天表，也不讓李太白醉寫平蠻稿，也不比漢相如病受徵賢詔⑭。他辛勤十年書劍洛陽城，決崢嶸一朝冠蓋長安道。

（梅香云）姐姐，王生今日就要上朝應舉去，老夫人著俺折柳亭與哥哥送路哩。（正旦云）梅香，咱折柳亭與王生送路去來。（同下）（正末同夫人上，云）母親，今日是吉日良辰，你孩兒便索長行，往京師進取去也。（夫人云）孩兒，你既是要行，我在這折柳亭上與你餞行。小的每，請小姐來者。（正旦引梅

⑬ 他拂素楮鵝溪繭二句：是說展紙揮毫寫文章。素楮，即白紙。「拂」是展開之意。鵝溪繭，一種優質絹，唐代時是貢品。鵝溪，地名，在今四川省鹽亭縣西北，唐、宋時以產良絹而聞名。宋蘇軾次文韻答文與可見寄詩有句：「為愛鵝溪白繭光，掃殘雞距紫毫芒。」雞距，宋代的一種毛筆名。中山玉兔毫，亦是一種毛筆。中山，地名，漢景帝時所封諸侯國（漢書地理志下），在今河北省唐縣、定縣一帶。玉兔毫，用兔毛所製的毛筆。

⑭ 不弱如駱賓王三句：誇讚王生才學出眾，文章無與倫比。駱賓王（約西元六四〇—？年），因其曾任臨海丞，故亦稱「駱丞」。唐代文學家，婺州義烏（今屬浙江省）人，初唐四傑之一。相傳他曾一夜之間寫成論天表（或以為即討武曌檄）。李太白（西元七〇一—七六二年），唐代大詩人，名白，字太白，號青蓮居士。傳說他曾用番文寫下嚇蠻書，警世通言中有一篇李謫仙醉草嚇蠻書，乃小說家言，當為附會。漢相如，指西漢辭賦家司馬相如。西京雜記卷二載司馬相如害消渴病（即今之糖尿病），但「病受徵賢詔」之事，史無明確記載。其因作子虛賦，為漢武帝所重，曾招為郎官，後又遷中郎將、孝園令，則確有其事。另，警世通言卷六載，相如與文君曾因貧困而當壚賣酒，忽接聖旨，招而為官。此小說家言，非為信史。

香上，云）母親，孩兒來了也。（夫人云）孩兒，今日在這折柳亭與你哥哥送路，把一杯酒者。（正旦云）理會的。（把酒科，云）哥哥滿飲一杯。（正末飲科，云）母親，你孩兒今日臨行，有一言動問：當初先父母曾與母親指腹成親，俺母親生下小生，母親添了小姐⑮，後來小生父母雙亡，數年光景，不曾成此親事。小生特來拜望母親，就問這親事。母親著小姐以兄妹稱呼，不知主何意？小生不敢自專，母親尊鑒⑯不錯。（夫人云）孩兒，你也說的是。老身為何以兄妹相呼？俺家三輩兒不招白衣秀士⑰。想你學成滿腹文章，未曾進取功名。你如今上京師，但得一官半職回來，成此親事，有何不可。（正末云）既然如此，索是謝了母親，便索長行去也。（正旦云）哥哥，你若得了官時，是必休別接了絲鞭者⑱！（正末云）小姐但放心，小生得了官時，便來成此親事也。（正旦云）好是難分別也呵！（唱）

【村裏迓鼓】 則他這渭城朝雨⑲，洛陽殘照，雖不唱陽關曲本，今日來祖送長安年少⑳。

⑮ 添了小姐：猶言生了女孩。今北方大部地區生孩子仍稱「添」，如生男孩言「添丁」。

⑯ 尊鑒：敬語，這裡猶「明示」。

⑰ 白衣秀士：指未取得功名也無官職的讀書人。此亦元劇習用語，如王實甫西廂記第四本第二折老夫人白：「俺三輩兒不招白衣女婿。」「白衣」是與「紫袍」相對，即平民與官員之別。

⑱ 是必休別接了絲鞭者：是必，一定。別接了絲鞭，即與他人另訂婚事。參見本折注⑫。者，語尾助詞，無義。

⑲ 渭城朝雨：唐王維渭城曲（又稱陽關三疊），題本作送元二使安西，為送別名篇，此取離別意。後句「陽關曲本」亦同，均表達分別在即，倩女依依不捨之情。

⑳ 祖送長安年少：即為王文舉餞行。祖送，祖餞送行。文選荊軻歌序：「燕太子丹使荊軻刺秦王，丹祖送于易水上。」張銑注：「祖者，將祭道以相送。」長安少年，代指王文舉。

兀的不取次棄舍，等閒拋掉，因而零落㉑。（做歎科，云）哥哥，（唱）恰楚澤深，秦關杳，泰華高㉒，嘆人生離多會少。

（正末云）小姐，我若為了官呵，你就是夫人縣君也。（正旦唱）

【元和令】杯中酒和淚酌，心間事對伊道：似長亭折柳贈柔條，哥哥你休有上梢沒下梢。從今虛度可憐宵，奈離愁不了㉓。

（正末云）往日小生也曾掛念來。（正旦云）今日更是淒涼也！（唱）

【上馬嬌】竹窗外響翠梢，苔砌下深綠草，書舍頓蕭條。故園悄悄無人到，恨怎消，此際最難熬。

【游四門】抵多少彩雲聲斷紫鸞簫，今夕何處繫蘭橈㉔？片帆休道西風惡，雪捲浪淘淘。

㉑ 兀的不取次棄舍三句：謂就這樣輕易地失去了愛情幸福，內心很失落。兀的，亦作「兀底」、「兀得」，語氣助詞，與「不」連用，表示反詰，猶言「怎的不」。「取次棄舍」，「等閒拋掉」，都是輕易放棄、隨便撒手之意。零落，是倩女言其眼前的處境，心情沮喪、悲戚。

㉒ 恰楚澤深三句：喻離愁別緒之深重。楚澤，即雲夢澤，古澤藪名，亦作雲瞢。周禮夏官職方氏：「正南曰荊州，其山鎮曰衡山，其澤藪曰雲瞢。」舊多以雲夢代指楚地，故曰楚澤。秦關，指函谷關，在今河南省靈寶市南，東起崤山，西至潼津，為古秦之東關。漢元鼎三年移至今河南省新安縣境，去故關三百里。杳，渺遠。泰華，泰山、華山。三句亦有山高路遙，關隘阻隔，此一分別，重逢殊難之意。

㉓ 奈離愁不了：「奈」字下三本均有一個「別」字。

㉔ 抵多少二句：謂即將分手，聲息隔斷，未知對方今夜停歇何處。抵多少，元劇習用語，表比較義，猶「遠甚

岸影高，千里水雲飄㉕。

【勝葫蘆】你是必休做了冥鴻惜羽毛㉖。常言道好事不堅牢，你身去休教心去了。對郎君低告，恰梅香報道㉗，恐怕母親焦。

（夫人云）梅香，看車兒著小姐回去。（梅香云）姐姐上車兒者。（正末云）小姐請回，小生便索長行也。（正旦唱）

【後庭花】我這裏翠簾車先控著，他那裏黃金鐙懶去挑㉘。我淚濕香羅袖，他鞭垂碧玉梢。望迢迢㉙，恨堆滿西風古道。想急煎煎人多情人去了，和青湛湛天有情天亦老㉚。俺氣氳氳喟然聲不定交，助疏剌剌動羈懷風亂掃。滴撲簌簌界殘妝粉淚拋，灑細濛濛浥

於」，「更勝於」。雲層隔斷簫聲，喻音問不傳，阻斷聯繫。紫鸞簫，洞簫的美稱。蘭橈，蘭槳，船槳的美稱，代指舟船。

㉕ 片帆休道西風惡四句：想像之詞，是說王生舟船行程之不易。「休道」原作「休遮」，按曲譜失律，據顧曲齋本、柳枝集本改。

㉖ 你是必句：你一定不要忘了傳書遞簡。冥鴻，本指高飛的鴻雁，而古以鴻雁代指書信。

㉗ 恰梅香報道：剛剛丫鬟梅香提醒。報道，這裡是叮囑、提示之意。

㉘ 我這裏翠簾車先控著二句：是說二人難捨難分。一個不肯放下車簾，一個遲遲不願上馬。控著，即控制著不放下來。黃金鐙，騎馬時腳鐙子的美稱。挑，踏。

㉙ 望迢迢：三本均作「恨無聊」。

㉚ 天有情天亦老：化用唐李賀金銅仙人辭漢歌中成句：「衰蘭送客咸陽道，天若有情天亦老。」此極言離愁別恨之苦。

香塵暮雨飄㉛。

【柳葉兒】見淅零零滿江干樓閣，我各剌剌坐車兒懶過溪橋，他矻蹬蹬馬蹄兒倦上皇州道㉜。我一望望傷懷抱，他一步步待迴鑣，早一程程水遠山遙㉝。

（正末云）小姐放心，小生得了官，便來取你。小姐請上車兒回去罷。（正旦唱）

【賺煞】從今後只合題恨寫芭蕉，不索占夢揲蓍草㉞。有甚心腸更珠圍翠繞㉟。我這一

㉛ 俺氣氳氳喟然聲不定交四句：氳氳，本指烟雲或氣體極盛，這裡的氣氳氳喻指氣惱之極。喟然，長嘆貌，不定交，謂嘆息不止。交，猶止。淮南子說林訓：「交畫不暢，連環不解。」高誘注：「交，止也。」助疏剌剌動羈懷風亂掃，是說長嘆聲與風聲相交替，催人淚下。疏剌剌，象聲詞。羈懷，羈旅的情懷。元白無咎百字折桂令詞：「動羈懷，西風木葉，秋水蒹葭。」此言王生取應路途艱辛。「滴撲簌簌」二句謂淚水與雨水一樣拋灑。界殘妝，指淚痕有跡，殘了面頰粉妝。界，分劃也。前蜀韋莊天仙子詞：「恨重重，淚界蓮腮兩線紅。」浥香塵，沾濕塵土。唐王維送元二使安西詩：「渭城朝雨浥輕塵，客舍青青柳色新。」參見本折注⑲。

㉜ 見淅零零滿江干樓閣三句：言臨歧分袂，情緒低落，均懶於上路。江干，猶江岸。皇州道，猶言長安道，指往京城去的取應之道路。「淅零零」、「各剌剌」、「矻蹬蹬」，均為象聲詞，與上曲之「疏剌剌」、「撲簌簌」等相呼應，此正是曲語之特色。

㉝ 我一望望傷懷抱三句：寫兩情繾綣，一步三回首之情狀。迴鑣，調轉馬頭，即返回原處。鑣，馬銜也，亦稱「馬御」，俗稱「馬嚼子」。御馬使其行止和調整方向時勒之。這三句顧曲齋本和脈望館本均作「我一步步傷懷抱，他那裏最難熬，他一程程水遠山遙。」

㉞ 從今後只合題恨寫芭蕉二句：題恨寫芭蕉，將離愁別恨題寫在芭蕉葉上。古人有以芭蕉葉代紙作書者。傳唐懷素和尚「貧無紙可書，常於故里種芭蕉萬餘，以供揮灑」。見陸羽懷素傳。宋黃庭堅戲答史應之詩其三有

點真情魂縹緲㊱，他去後不離了前後周遭。廝隨著㊲，司馬題橋，也不指望駟馬高車顯榮耀㊳。不爭把瓊姬棄卻，比及盼子高來到，早辜負了碧桃花下鳳鸞交㊴。（同梅香下）

句：「更展芭蕉看學書。」不索占夢揲蓍草，意為不必再去說夢或占卜了。不索，即不須，不必要。占夢，就是說夢，釋夢。揲蓍草，用蓍草占卦。揲，音ㄕㄜˊ，有「取來」之義，亦有「數」的意思。數蓍草數目以問卜，是古代一種占卦方法。蓍，音ㄕ。其法詳見宋朱熹筮儀。

㉟ 有甚心腸更珠圍翠繞：是說沒有心情再梳妝打扮了。珠圍翠繞，指女子各種珠寶首飾。

㊱ 我這一點真情魂縹緲：這句曲詞非常重要，它為後面「離魂」的劇情做了必要的預示和鋪墊。縹緲，亦作「縹眇」、「縹渺」，本指高遠隱約、迷離渺茫之意，這裡則形容魂魄若離軀體，神醉意迷的感受，彷彿隨意中人遠去。

㊲ 廝隨著：猶緊跟著。此句上三本均有「有心待」三字。

㊳ 司馬題橋二句：漢司馬相如初離蜀赴長安，曾於成都北昇仙橋之橋柱上題詞以言志，題詞曰：「不乘赤車駟馬，不過汝下也。」事見晉常璩華陽國志蜀志。「也不指望駟馬高車顯榮耀」句，三本均作「知他那秋月春花何時了」。

㊴ 不爭把瓊姬棄卻三句：此是倩女將自己比作周瓊姬，將王生喻為王子高。不爭，只因，但為。周瓊姬，傳說中芙蓉城裡的仙女。相傳宋人王迥字子高，曾與瓊姬相愛慕，攜手同遊芙蓉城仙境，百餘日而還。事詳宋趙彥衛雲麓漫鈔和宋蘇軾芙蓉城詩序。元張可久〔小梁州〕雪晴詩興曲：「瓊姬爭捲珠簾看，畫船中歌舞吹彈。」比及，等到，及待。碧桃花，本為桃花之一種，因傳說中西王母贈漢武帝仙桃，故古詩文中多以碧桃為仙境之物。如清陳維崧采桑子為汪蛟門舍人題畫冊詞之三：「百幅霞綃，十斛龍膏，何必蓬山訪碧桃。」鳳鸞交，指締結姻緣。鳳鸞，本指鳳凰類之神鳥，古以喻佳偶。清李漁風箏誤驚丑：「主婚作伐兩憑誰，如何擅把鳳鸞締。」

（正末云）你孩兒則今日拜別了母親，便索長行也。左右將馬來，則今日進取功名走一遭去。（下）

（夫人云）王秀才去了也，等他得了官回來，成就這門親事，未為遲哩㊵。（下）

㊵ 未為遲哩：此句下顧曲齋本、脈望館本作「老身回家中去也。若論王秀才學識，豈落人後，此去必然得官也。指腹成親十數春，幼年匹配結婚姻。崢嶸頭角居官位，夫貴妻榮拜帝恩。」

第二折

（夫人慌上云）歡喜未盡，煩惱又來。自從倩女孩兒在折柳亭與王秀才送路，辭別回家，得其疾病，一臥不起。請的醫人看治，不得痊可，十分沉重，如之奈何？則怕孩兒思想湯水吃，老身親自去綉房中探望一遭去來。（下）（正末上云）小生王文舉，自與小姐在折柳亭相別，使小生切切于懷，放心不下。今夜艤舟江岸❶，小生橫琴于膝，操一曲以適悶咱❷。（做撫琴科）（正旦別扮離魂上云）妾身倩女，自與王生相別，思想的無奈，不如跟他同去；背著母親，一徑的❸趕來。王生也，你只管去了，爭知我如何過遣也呵❹！（唱）

【越調・鬬鵪鶉】人去陽臺，雲歸楚峽。不爭他江渚停舟，幾時得門庭過馬？悄悄冥冥，瀟瀟灑灑。我這裏踏岸沙，步月華；我覷這萬水千山，都只在一時半霎❺。

❶ 今夜艤舟江岸：將船停靠於江邊。艤，音ㄧˇ，正也。俗亦稱正船迴濟處為艤。此句「今」字下據柳枝集本補一「夜」字。
❷ 適悶咱：排遣心中煩悶。適，猶「釋」。咱，語尾助詞，無義。
❸ 一徑的：徑直的。這裡有「不停歇的」之意。
❹ 爭知我如何過遣也呵：此有難熬時日意，乃言相思之苦無以排遣。爭知，怎知。過遣，猶過活。
❺ 我覷這萬水千山二句：這裡旦所扮的是離魂，非是常人行路，故「萬水千山」，行來不過「一時半霎」。實為

【紫花兒序】想倩女心間離恨，趕王生柳外蘭舟，似盼張騫天上浮槎❻。汗溶溶瓊珠瑩臉，亂鬆鬆雲髻堆鴉，走的我筋力疲乏。你莫不夜泊秦淮賣酒家❼。向斷橋西下，疏剌剌秋水菰蒲，冷清清明月蘆花❽。

（云）走了半日，來到江邊，聽的人語喧鬧，我試覷咱。（唱）

【小桃紅】我驀聽得馬嘶人語鬧喧譁，掩映在垂楊下❾，諕的我心頭丕丕那驚怕，原來是響璫璫鳴榔板捕魚蝦❿。我這裏順西風悄悄聽沉罷⓫，趁著這厭厭⓬露華，對著⓭這

超現實的浪漫筆法。「我覷」二字，柳枝集本作「行過」。

❻ 張騫天上浮槎：晉張華博物志十雜說下：「舊說云：天河與海通，近世有人居海渚者，年年八月有浮槎來去，不失期。嘗有人乘槎而去，至一城，屋舍甚嚴，遙望宮中多織婦，見一丈夫牽牛飲於渚。」後又傳乘槎往來者為漢張騫。浮槎，漂於水上的木筏子。

❼ 夜泊秦淮賣酒家：化用唐杜牧夜泊秦淮詩句。原詩為：「煙籠寒水月籠沙，夜泊秦淮近酒家。商女不知亡國恨，隔江猶唱後庭花。」或以為倩女此句曲詞暗含懷疑王文舉泊船於秦淮歌妓之家，有眠花宿柳之意。恐不確。這裡不過是一般化用，只取文面之意罷了。

❽ 疏剌剌秋水菰蒲二句：寫景純是江南水鄉意境。疏剌剌，猶疏疏朗朗。菰蒲，為兩種水生可食植物。菰，多年生草本植物，開紫色小花，嫩莖可食，俗稱「茭白」；果實即是「菰米」。蒲，即「香蒲」，多年生草本植物，根莖嫩時亦可食，俗稱「蒲菜」。「秋水菰蒲」與「明月蘆花」相對舉，極饒淋漓畫意。

❾ 掩映在垂楊下：此句顧曲齋本和脈望館本均作「我側著耳剛聽罷」。

❿ 響璫璫鳴榔板捕魚蝦：榔，亦作「桹」，用以擊船舷作響的木棒或木板。文選潘岳西征賦：「纖經連白，鳴桹厲響。」李善注：「言曳纖經於前，鳴長桹於後，所以驚魚，令入網也。」又，除卻捕魚時「驚魚入網」之

澄澄月下，驚的那呀呀呀寒鴈起平沙。

【調笑令】向沙堤款踏，莎草帶霜滑；掠濕湘裙翡翠紗，抵多少蒼苔露冷凌波襪⑭。看江上晚來堪畫，玩冰壺瀲灩天上下，似一片碧玉無瑕⑮。

【禿廝兒】你覷遠浦孤鶩落霞⑯，枯藤老樹昏鴉⑰，聽長笛一聲何處發，歌欸乃，櫓咿啞⑱。

用外，榔亦可為謳歌時擊節。唐李白送殷淑詩之二：「惜別耐取醉，鳴榔且長謠。」王琦注：「所謂鳴榔者，當是擊船以為歌聲之節，猶叩舷而歌之義。」此句乃取前者。

⑪ 聽沉罷：此三字顧曲齋本和脈望館本均作「聽無那」。

⑫ 厭厭：此二字柳枝集本作「淹淹」。

⑬ 對著：三本並作「立著」。

⑭ 蒼苔露冷凌波襪：三國魏曹植洛神賦：「凌波微步，羅襪生塵。」元劇中每每以「凌波襪」喻女子襪之美稱。元王實甫西廂記第三本第三折〔駐馬聽〕曲：「夜涼苔徑滑，露珠兒濕透了凌波襪。」此句「露冷」二字三本均作「浸透」。

⑮ 玩冰壺瀲灩天上下二句：言月光輝映下，安謐、澄澈的景象。冰壺，本指玉壺盛冰，晶瑩剔透，引申喻指月輪或月色。宋楊萬里中秋前二夕釣雪舟中靜坐：「人間何處冰壺是，身在冰壺卻道非。」瀲灩，水波相連，烟波浩渺的樣子。「似一片」三字，三本均作「似肅秋空」。

⑯ 遠浦孤鶩落霞：化用唐王勃滕王閣序中「秋水共長天一色，落霞與孤鶩齊飛」句。

⑰ 枯藤老樹昏鴉：此句為元馬致遠散曲小令〔越調・天淨沙〕秋思中成句。

⑱ 歌欸乃二句：「欸乃」、「咿啞」均為象聲詞。前者指棹歌，後者狀搖櫓聲。宋陸游南定樓遇急雨詩：「人語

（云）兀那船頭上琴聲响，敢是王生？我試聽咱。（唱）

【聖藥王】近蓼洼，纜釣槎⑲，有折蒲衰柳老蒹葭；傍水凹，折藕芽⑳，見煙籠寒水月籠沙。茅舍兩三家。

（正末云）這等夜深，只聽得岸上女人音聲，好似我倩女小姐，我試問一聲波。（做問科，云）那壁不是倩女小姐麼？這早晚來此怎的？（魂旦相見科，云）王生也，我背著母親，一徑的趕將你來，咱同上京去罷。（正末云）小姐，你怎生直趕到這裏來？（魂旦唱）

【麻郎兒】你好是舒心的伯牙，我做了沒路的渾家㉑。你道我為甚麼私離繡榻，待和伊同走天涯。

（正末云）小姐是車兒來，是馬兒來？（魂旦云）

朱離逢峒獠，櫂歌欸乃下吳舟。」

⑲ 近蓼洼二句：蓼洼，長滿水草的濕地、沼澤。蓼，水生植物名，多年生草本，有水蓼、紅蓼、刺蓼等多種。其葉辛香，可作調味用。詩周頌良耜：「以薅荼蓼。」毛傳：「蓼，水草也。」纜釣槎，收起繫舟之纜繩。此三字三本均作「望蘋花」。

⑳ 折藕芽：此句三本均作「傍短槎」。

㉑ 你好是舒心的伯牙二句：伯牙，即俞伯牙，或為伯是姓，牙是名。據呂氏春秋本味所載，伯牙精於琴藝，其琴聲高妙，唯鍾子期乃知音。子期死，知音難覓，伯牙遂破琴絕弦，終身不復鼓琴。這裡以伯牙與子期喻王、張之情。舒心，指心情舒暢，無所掛礙。此句略有微嗔，怪對方尚有心操琴，似未將自己放在心上。渾家，本指全家人，因舊時妻子主內，故亦專指妻子。見宋鄭文寶南唐近事。沒路的渾家，猶言孤獨失落的妻子。

【幺】險把、咱家、走乏㉒。比及你遠赴京華，薄命妾為伊牽掛，思量心幾時撇下。

【絡絲娘】你拋閃咱㉓，比及見咱，我不瘦殺，多應害殺㉔。（正末云）若老夫人知道怎了也？

（魂旦唱）他若是趕上咱，待怎麼？常言道做著不怕㉕。

（正末做怒科，云）古人云：「聘則為妻，奔則為妾。」老夫人許了親事，待小生得官回來，諧兩姓之好，卻不名正言順！你今私自趕來，有玷風化，是何道理？（魂旦云）王生，（唱）

【雪裏梅】你振色怒增加，我凝睇不歸家；我本真情，非為相謊，已主定心猿意馬㉖。

（正末云）小姐，你快回去罷。（魂旦唱）

【紫花兒序】只道你急煎煎趲登程路，原來是悶沉沉困倚琴書，怎不教我痛煞煞淚濕琵琶㉗。有甚心著霧鬢輕籠蟬翅，雙眉淡掃宮鴉㉘。似落絮飛花，誰待問出外爭如只在

㉒ 險把咱家走乏：這正是周德清中原音韻中所說的「六字三韻語」，與王實甫西廂記中的「忽聽、一聲、猛驚」，以及馬致遠漢宮秋中的「大王、不當、（戀）王嬙」異曲同工。咱家，元劇中多稱「自家」為「咱家」。咱，讀作ㄗㄚˊ，今山西、陝西等地仍將我稱作「咱」。

㉓ 拋閃咱：猶言撇下我。拋閃，捨棄。元關漢卿金線池第四折：「擔閣的男遊別郡、拋閃的女怨深閨。」

㉔ 害殺：猶害死。

㉕ 做著不怕：元劇熟語，意為要麼就不做，既做了就不怕後果。

㉖ 心猿意馬：心猿本為佛家語，喻指人心散亂不安，難以控制。這裡是認定了要與王生同行，魂追魄趕，神思飄蕩之意。

㉗ 只道你急煎煎趲登程路三句：此三句三本均作「不爭你風送客張開帆幔，你索悶縈心困倚琴書，我淚和愁付

家。更無多話，願秋風駕百尺高帆，儘春光付一樹鉛華㉙。

（云）王秀才，趕你不為別，我只防你一件。（正末云）小姐防我那一件來？（魂旦唱）

【東原樂】你若是赴御宴瓊林㉚罷，媒人每攔住馬，高挑起染渲佳人丹青畫，賣弄他生長在王侯宰相家。你戀著那奢華，你敢新婚燕爾㉛在他門下。

（正末云）小生此行，一舉及第，怎敢忘了小姐。（魂旦云）你若得登第呵，（唱）

【綿搭絮】你做了貴門嬌客，一樣矜誇㉜；那相府榮華，錦繡堆壓。你還想飛入尋常百

與琵琶」。

㉘ 有甚心著霧鬢輕籠蟬翅二句：是說無心情梳妝打扮。著，這裡是「將」、「待要」之意。「霧鬢」、「蟬翅」均是形容女子的鬢髮。霧鬢，亦作「霧髩」，濃密秀美的頭髮。宋侯寘蝶戀花詞：「雪壓小橋溪路斷，獨立無言，霧鬢風鬟亂。」蟬翅，本指蟬翼，亦形容髮鬢之秀美。唐王建宮詞之四二：「蜂鬚蟬翅薄鬆鬆，浮動搔頭似有風。」宮鴉，本指棲息在宮苑中的烏鴉，以其烏墨，借來形容女子的黛眉。「霧鬢輕籠蟬翅」一句，顧曲齋本和脈望館本均作「碧霧輕籠丹鳳」。

㉙ 一樹鉛華：謂花開滿樹，絢麗多彩。承上文，是祝願王生科考順遂，前程花開滿路之意。鉛華，亦作「鉛花」，本指婦女化妝用的鉛粉，也用以比喻落花。元喬吉金錢記第一折：「子規聲好教人恨，他只待送春歸幾樹鉛華。」

㉚ 御宴瓊林：天子在御苑瓊林賜宴新科進士，稱之為瓊林宴，也叫御宴。宋太平興國九年至政和二年沿用此例，後雖非於其地賜宴，卻沿用其名。宋辛棄疾婆羅門引用韻別郭逢道：「見君何日？瓊林宴罷醉歸時。」

㉛ 新婚燕爾：亦作「燕爾新婚」。形容新婚的喜慶與歡樂。語出詩邶風谷風：「宴爾新昏，如兄如弟。」宴，本又作「燕」。昏，通「婚」。元關漢卿裴度還帶第四折：「狀元下馬就親，洞房花燭，燕爾新婚。」

姓家㉝？那時節似魚躍龍門播海涯，飲御酒插宮花，那其間占鰲頭占鰲頭登上甲㉞。

（正末云）小生倘不中呵，卻是怎生？（魂旦云）你若不中呵，妾身荊釵裙布，願同甘苦。（唱）

【拙魯速】你若是似賈誼困在長沙，我敢似孟光般顯賢達㉟。休想我半星兒意差，一分兒抹搭㊱。我情願舉案齊眉傍書榻，任粗糲淡薄生涯；遮莫戴荊釵㊲，穿帀麻。

㉜ 矜誇：自矜自誇，此有張揚、炫耀意。

㉝ 飛入尋常百姓家：化用唐劉禹錫烏衣巷詩句：「舊時王謝堂前燕，飛入尋常百姓家。」這裏反其意用之，意為王文舉得官後入贅豪門貴冑，便不會與張家結親了。

㉞ 占鰲頭登上甲：言科舉及第榮登榜首。占鰲頭，比喻占首位或第一名，亦借指狀元。宋時科舉殿試由皇帝親自主持，錄取進士分為三甲：進士及第、賜進士出身、賜同進士出身。元王實甫西廂記第五本第一折：「誰承望跳東牆脚步兒占了鰲頭。」

㉟ 你若是似賈誼困在長沙二句：似賈誼困在長沙，假使像賈誼困長沙那樣科場失意了。賈誼是西漢著名政論家、辭賦家，官至太中大夫，曾被權貴讒言中傷，貶謫為長沙王太傅。政論和辭賦作品有過秦論、鵩鳥賦、弔屈原賦等。似孟光般顯賢達，像孟光一樣做一個恭儉賢妻。孟光，字德耀，東漢扶風平陵人，為梁鴻之妻。後漢書逸民傳梁鴻：「（鴻）每歸，妻為具食，不敢於鴻前仰視，舉案齊眉。」後以其喻夫妻相敬如賓，亦以孟光為賢妻之典範。

㊱ 抹搭：亦作「抹剌」、「抹撻」、「沒答」等。本為方言中眼皮抹下而不合攏，意為輕慢、不在意。引申為怠慢、不用心之意。

㊲ 遮莫戴荊釵：寧可用粗糙的首飾。遮莫，亦作「遮末」，不管，不論。這裏是哪怕，儘管的意思。荊釵，用荊條製成的髻釵，亦泛指粗陋的婦女首飾。

（正末云）小姐既如此真誠志意，就與小生同上京去如何？（魂旦云）秀才肯帶妾身去呵，（唱）

【幺篇】把艄公快喚咱，恐家中廝捉拿。只見遠樹寒鴉，岸草汀沙，滿目黃花，幾縷殘霞。快先把雲帆高掛，月明直下；便東風刮，莫消停，疾進發。

（正末云）小姐，則今日同我上京應舉去來。我若得了官，你便是夫人縣君㊳也。（魂旦唱）

【收尾】各剌剌向長安道上把車兒駕，但願得文苑客當時奮發㊴。則我這臨邛市沽酒卓文君，甘伏侍你濯錦江題橋漢司馬㊵。（同下）

㊳ 夫人縣君：朝廷命婦的通稱，即官員的妻子。元無名氏鴛鴦被第二折：「若是得了官呵，金冠霞帔，駟馬高車，你便是夫人縣君也。」

㊴ 各刺刺二句：是催促王生上路之意。各刺刺，象聲詞，擬車輪疾馳聲。長安道，指通往京城之路途。文苑客，指王文舉。此句三本均作兩句：「你果然將赴長安路途登，我敢把走蜀郡車兒駕。」

㊵ 則我這二句：漢臨邛富商卓王孫之女卓文君新寡，司馬相如以琴曲挑之，文君夜奔相如，二人於臨邛市上當壚賣酒，一時傳為佳話。事詳史記司馬相如列傳。此以卓文君、司馬相如喻張、王二人，以示倩女的一往深情。錦江，為岷江支流之一，在今四川成都平原。傳說蜀人織錦濯於其中則錦色鮮豔絢爛，他水無法與其比擬。題橋漢司馬，參見第一折注㊳。

第三折

（正末引祗從上云❶）小官王文舉，自到都下，攛過卷子❷，小官日不移影❸，應對萬言，聖人❹大喜，賜小官狀元及第。夫人也隨小官至此。我如今修一封平安家書，差人岳母行報知。左右的，將筆硯來。（做寫書科，云）寫就了也。我表白一遍咱。寓都下小壻王文舉，拜上岳母座前。自到闕下❺，一舉狀元及第；待授官之後，文舉同小姐一時回家❻，萬望尊慈垂照。不宣❼。書已寫了，左右的，與我喚張千來。（淨扮張千上）（詩云）我做伴當實是強，公差幹事多的當❽。一日走了二百里，第二日剛剛捱下炕。自家張千的便是。狀元爺呼喚，須索走一遭去。（做見科，云）爺喚張千那廂使用？（正

❶ 正末引祗從上云：此句三本均作「末扮官人上云」。
❷ 攛過卷子：即交了試卷。攛，音ㄘㄨㄢ，拋擲。
❸ 日不移影：形容時間短促，猶一瞬間。
❹ 聖人：指皇帝。殿試是要由皇帝親自主持的。
❺ 闕下：即宮闕之下，借指帝王所居之處。這裡指京城。
❻ 文舉同小姐一時回家：此句「小姐」上三本均有「夫人」二字。
❼ 不宣：書簡用語，猶不贅，不再說了。
❽ 的當：妥當，可靠。此句下三本均有「回日自當叩謝」一句。

末云）張千，你將這一封平安家信，直至衡州，尋問張公弼家投下。你見了老夫人，說我得了官也。你小心在意者。（淨接書云）張千知道了，我將著這一封書，直至衡州走一遭去❾。（同下）（老夫人上云）誰想倩女孩兒自與王生別後，臥病在牀，或言或笑，不知是何症候。這兩日不曾看他，老身須親看去。（下）（正旦抱病，梅香扶上云）自從王秀才去後，一臥不起，但合眼便與王生在一處，則被這相思病害殺人也呵！（唱）

【中呂・粉蝶兒】自執手臨岐❿，空留下這場憔悴，想人生最苦別離。說話處少精神，睡臥處無顛倒，茶飯上不知滋味。似這般廢寢忘食，折挫⓫得一日瘦如一日。

【醉春風】空服遍瞑眩藥不能痊，知他這腌臢病何日起⓬？要好時直等的見他時，也只為這症候因他上得、得。一會家縹緲呵忘了魂靈，一會家精細呵使著軀殼，一會家混沌

---

❾ 直至衡州走一遭去：此句下顧曲齋本和脈望館本均作「（下）（末云）張千去了也，小官無甚事，且回後堂去來。（下）」。

❿ 臨岐：亦作「臨歧」。本為面對岐路（不同走向的岔路）之意，後亦用作贈別之辭。唐杜甫送李校書詩：「臨岐意頗切，對酒不能喫。」

⓫ 折挫：猶折磨，摧折。

⓬ 空服遍瞑眩藥不能痊二句：瞑眩藥，亦作「眄眩藥」，是一種服後反應特別強烈的藥。語出書說命上：「若藥弗瞑眩，厥疾弗瘳。」瘳，音ㄔㄡ，病痊愈。腌臢病，此指令人窩囊的病，壞病。腌臢，音ㄤ ㄗㄤ，亦作「腌⿰月替」，意為髒，不乾淨。元王實甫西廂記第二本楔子：「腔子裏熱血權消渴，肺腑內生心且解饞，有甚腌臢？」王季思注：「腌臢，齷齪之聲轉，北音又有轉為骯髒者，義並同。」

呵不知天地⑬。

（云）我眼裏只見王生在面前，原來是梅香在這裏。梅香，如今是甚時候了？（梅香云）如今春光將盡，綠暗紅稀⑭，將近四月也。（正旦唱）

【迎仙客】日長也愁更長，紅稀也信尤稀。（帶云）王生，你好下的也。（唱）春歸也奄然⑮人未歸。（梅香云）姐姐，俺姐夫去了未及一年，你如何這等想他？（正旦唱）我則道相別也數十年，我則道相隔著幾萬里。為數歸期⑯，則那竹院裏刻遍琅玕翠⑰。

【紅繡鞋】去時節楊柳西風秋日，如今又過了梨花暮雨寒食。（梅香云）姐姐，你可曾卜一卦麼？（正旦唱）則兀那龜兒卦⑱無定准，枉央及；喜蛛兒難憑信，靈鵲兒不誠實，燈花兒

⑬ 一會家縹緲呵忘了魂靈三句：此言「離魂」之情狀。「一會家」連用，猶言「忽爾……忽爾……」或「一陣……一陣……」。家，亦可作「價」，語氣助詞，無義。縹緲，參見第一折注㊱。精細，這裡是清醒之意，即恢復了神志。混沌，古代神話中本指天地開闢之前元氣未分，渾然一體的狀態，此指模糊、迷離，神思不清醒。「縹緲呵忘了魂靈」一句，三本均作「縹緲呵如趁扶搖」。

⑭ 綠暗紅稀：即「綠肥紅瘦」。謂暮春時節大部分的花已過花期，零落了，植物多一派綠蔭。

⑮ 奄然：暗然不明。奄，通「暗」。晏子春秋問上八：「奄然寡聞。」吳則虞集釋引孫星衍音義：「奄然，闇然。」

⑯ 為數歸期：「數」，顧曲齋本作「違」。

⑰ 則那竹院裏刻遍琅玕翠：是說數日子刻劃滿了園中竹竿。琅玕，亦作瑯玕。形容竹之青翠。亦泛指竹。宋梅堯臣和公儀龍圖新居栽竹之二：「聞種琅玕向新第，翠光秋影上屏來。」

⑱ 龜兒卦：亦作「龜卦」。古人占卜時燒烤龜殼或獸骨，視其爆裂之紋路以卜吉凶。元喬吉〔南呂．一枝花〕雜

何太喜⑲。

（夫人上云）來到孩兒房門首也。梅香，您姐姐較好些麼？（正旦云）是誰？（梅香云）是奶奶來看你哩。（正旦云）我每日眼界只見王生，那曾見母親來？（夫人見科，云）孩兒，你病體如何？（正旦唱）

【普天樂】想鬼病最關心⑳，似宿酒迷春睡；繞晴雪楊花陌上，趁東風燕子樓西。拋閃殺我年少人㉑，辜負了這韶華日。早是離愁添縈繫㉒，更那堪景物狼籍。愁心驚一聲烏啼，薄命趁一春事已，香魂逐一片花飛。

（正旦昏科）（夫人云）孩兒，你掙挫㉓些兒。（正旦醒科）（唱）

【石榴花】早是俺抱沉痾添新病發昏迷，也則是死限緊相催逼㉔，膏肓針灸不能及㉕。

情套：「但些兒頭痛眼熱我早心驚訝，著疼熱只除咱，尋方裏藥占龜卦。」

⑲ 喜蛛兒難憑信三句：舊時民間流傳稱喜蛛兒（一種紅色的小蜘蛛）、靈鵲兒（即喜鵲）、燈花兒（油燈或蠟燭的芯爆裂時的小火花）出現時，將有貴客或親人到來，是吉兆。

⑳ 想鬼病最關心：想來這怪病最使人心煩。鬼病，即指前所說的「腌臢病」。關心，關乎心情。這裡是煩心、惱人之意。

㉑ 拋閃殺我年少人：拋閃，這裡是撇下、棄擲之意。殺，亦作「煞」，副詞，用在動詞謂語之後，表示程度之深重。

㉒ 縈繫：此指內心揮之不去的思念與牽掛。縈，纏繞。繫，拴，結。

㉓ 掙挫：猶掙扎。這裡是盡可能支撐之意。

㉔ 早是俺二句：早是，已是。沉疴，亦作「沉痾」。指重病，久治不愈的病。「也則是」句三本「催」字下均無「逼」字。

（夫人云）我請個良醫來調治你。（正旦唱）若是他來到這裏，煞強如請扁鵲盧醫㉖。（夫人云）我如今著人請王生去。（正旦唱）把似請他時便許做東牀婿㉗，到如今悔後應遲。（夫人云）王生去了，再無響信寄來。（正旦唱）他不寄箇報喜的信息緣何意，有兩件事我先知。

【鬬鵪鶉】他得了官別就新婚，剝落㉘呵羞歸故里。（夫人云）孩兒休過慮，且將息自己。（正旦唱）眼見的千死千休，折倒㉙的半人半鬼。為甚這思竭損的枯腸不害饑，苦懨懨一肚皮。（夫人云）孩兒吃些湯粥。（正旦云）母親，（唱）若肯成就了燕爾新婚，強如喫龍肝鳳髓。

㉕ 膏肓針灸不能及：已病入膏肓，針灸也無濟於事了。膏肓，中醫以心尖脂肪為膏，心臟與膈膜之間為肓。左傳成公十年：「疾不可為也，在肓之上，膏之下，攻之不可，達之不及，藥不至焉，不可為也。」杜預注：「肓，鬲也，心下為膏。」後遂稱不可醫治之病為病入膏肓。

㉖ 若是他來到這裏二句：謂只要他到來，就不必請名醫了。他，指王文舉。煞強如，猶勝過那，強似於。扁鵲盧醫，戰國時名醫，原名秦越人，渤海郡鄚（ㄇㄠˋ，舊讀ㄇㄛˋ，今河北省任丘市北）人。因久居盧國（今山東省長清縣南），故又稱盧醫。醫術精湛，擅長各科，名聞天下，後世奉其為神醫。漢書藝文志注錄有扁鵲內經九卷，外經十二卷，今不傳。

㉗ 把似句：把似，假如。東牀婿，亦作「坦腹婿」，即女婿。南朝宋劉義慶世說新語雅量中說，郗太傅（鑑）遣門人往王丞相（導）家擇婿，門人歸曰：「王家諸郎亦皆可嘉，聞來覓壻，咸自矜持，唯有一郎坦腹臥，如不聞。」郗公曰：「此正好！」此郎正是逸少（王羲之）。郗公便將女兒嫁與逸少。

㉘ 剝落：亦作「駁落」，指科考落第。元王實甫西廂記第四本第二折：「你明日便上朝取應去。我與你養著媳婦，得官呵來見我，駁落呵休來見我。」

㉙ 折倒：宋元俗語，猶今之「折磨」、「折騰」。

（云）我這一會昏沉上來，只待睡些兒哩。（夫人云）梅香，休要吵鬧，等他歇息，我且回去咱。（夫人同梅香下）（正旦睡科）（正末上見旦科㉚，云）小姐，我來看你哩。（正旦云）王生，你在那裏來？（正末云）小姐，我得了官也。（正旦唱）

【上小樓】則道你辜恩負德，你原來得官及第。你直叩丹墀，奪得朝章，換卻白衣㉛。覷面儀㉜，比向日，相別之際，更有三千丈五陵豪氣㉝。

（正末云）小姐，我去也。（下）（正旦醒科，云）分明見王生說得了官也，醒來卻是南柯一夢㉞。（唱）

【幺篇】空疑惑了大一會，恰分明這搭裏。俺淘寫㉟相思，敘問寒溫，訴說真實。他緊

㉚ 正末上見旦科：此句三本均作「末上托夢見旦科」。

㉛ 你直叩丹墀三句：叩丹墀，指叩見皇帝。丹墀，古代皇宮赤色的臺階。朝章，本指朝廷的典章制度，此借指顯要的官階。換卻白衣，謂脫下平民衣服，著上官服。明郎瑛七修類稿辯證八襴衫：「世說以白接䍦即今之襴衫，正謂是耳。俗言白衣秀士。又士子出身後則曰脫白掛綠，正謂是也。」

㉜ 覷面儀：猶言視氣色精神。面，臉（色）也。儀，儀態也。

㉝ 五陵豪氣：高門貴族的豪邁之氣。五陵，為西漢五個皇帝陵墓所在地，是長陵、陽陵、安陵、茂陵、平陵之合稱。漢書遊俠傳原涉：「郡國諸豪及長安五陵諸為氣節者，皆歸慕之。」元關漢卿裴度還帶第二折：「顯五陵豪氣，吐萬丈虹霓。」

㉞ 南柯一夢：唐李公佐南柯太守傳敘淳于棼夢中到大槐安國，娶了該國的公主，被封為南柯太守，享盡榮華富貴。後率軍出征戰敗，公主亦死，被國王遣返。一覺醒來，於庭前槐樹下掘得蟻穴，即夢中之槐安國，而南柯郡不過是槐樹南枝下另一蟻穴。後因以南柯一夢泛指夢境，又特指空幻不實之夢。

㉟ 淘寫：傾吐；宣泄。金董解元西廂記諸宮調卷一：「對景傷懷，微吟步月，淘寫深情。」

摘離㊱，我猛跳起。早難尋難覓，只見這冷清清半竿殘日。

（梅香上云）姐姐，為何大驚小怪的？（正旦云）我恰纔夢見王生，說他得了官也。（唱）

【十二月】原來是一枕南柯夢裏。和二三子文翰相知，他訪四科習五常典禮，通六藝有七步才識㊲，憑八韻賦縱橫大筆，九天上得遂風雷㊳。

【堯民歌】想十年身到鳳凰池，和九卿相八元輔勸金杯。則他那七言詩六合裏少人及㊴。

㊱ 摘離：脫離；逃離。元關漢卿謝天香第二折：「直著咱在羅網，休摘離，休指望，便似一百尺的石門教我怎生撞？」

㊲ 和二三子文翰相知三句：謂王生交遊皆才學之士，學養出眾。四科，指孔門教習的四種科目：德行、言語、政事、文學，見論語先進。亦指漢代舉士的四種科目，詳通典選舉一。五常，指仁、義、禮、智、信。漢董仲舒賢良策一：「夫仁、義、禮、智、信五常之道，王者所當修飭也。」此句中的「典禮」，三本均作「大禮」。六藝，指禮、樂、射、御、書、數。為古代教授學生的六種科目。史記孔子世家：「孔子以詩書禮樂教，弟子蓋三千焉，身通六藝者七十有二人。」六藝亦指儒家之「六經」，即禮、樂、書、詩、易、春秋。有七步才識，稱才思敏捷者可比曹子建。南朝宋劉義慶世說新語文學：「文帝（曹丕）嘗令東阿王（曹植）七步中作詩，不成者行大法；應聲便為詩曰：『煮豆持作羹，漉菽以為汁；萁在釜下燃，豆在釜中泣；本自同根生，相煎何太急！』帝深有慚色。」此句三本均作「學七步詩疾」。

㊳ 憑八韻賦縱橫大筆二句：是祝願王生科舉及第，榮登榜首之意。八韻，未詳，或指與八股文同式的「八韻詩」。此句中「縱橫」二字，三本均作「雄才」。九天，本指天之中央及八方，借指宮禁和帝王。宋陸游蒙恩封渭南縣伯詩：「旋看朝衫拜九天，榮光夜半屬星躔。」得遂風雷，謂金榜題名震動宮廷。

㊴ 想十年身到鳳凰池三句：鳳凰池，本為宮禁中池沼，魏晉南北朝時因中書省座落池旁，故稱中書省為「鳳凰

端的個五福全四氣備占倫魁㊵，震三月春雷。雙親行先報喜，都為這一紙登科記㊶。

（淨㊷上云）自家張千的便是。奉俺王相公言語，差來衡州下家書，尋問張公弼宅子，人說這裏就是。

池」。後遂以其指朝廷重要官員及其所在。宋危稹婦歎詩：「記得蕭郎登第時，謂言即入鳳凰池。」此乃言十年寒窗苦讀，終於一舉及第，可步入朝廷為官了。九卿相八，泛指朝廷上層官員。九卿，古代中央政府的九個高級職務，歷代的名稱和司職略有不同。六合，天地四方。借指天下、人世間。莊子齊物論：「六合之外，聖人存而不論；六合之內，聖人論而不議。」

㊵ 端的個句：端的，確實，的是。五福，五種福祿。書洪範：「五福：一曰壽，二曰富，三曰康寧，四曰攸好德，五曰考終命。」漢桓譚新論中所言五福與書洪範略有不同：「壽、富、貴、康寧、子孫眾多。」元沈禧〔南呂．一枝花〕七月六日為施以和壽套曲：「似這般五福俱全世希有。」四氣，指一年四季溫熱寒冷之氣。禮記樂記：「動四氣之和，以著萬物之理。」孔穎達疏：「動四氣之和者，謂感動四時之氣，序之和平，使陰陽順序也。」倫魁，即居首，指科考中奪魁為榜首。倫，順序、次第。或以為此處之「倫」通「掄」。明無名氏鳴鳳記陸姑救易：「文省幸掄魁，餘悉擢巍科。」此句中「四氣備占倫魁」顧曲齋本和脈望館本均作「四神州任誰知」。

㊶ 登科記：科舉時代及第士人的名錄。唐代稱「登科記」，宋以後稱「登科錄」或「題名錄」。詳可見宋高承事物紀原學校貢舉部及唐會要等。此句下顧曲齋本和脈望館本均有一段賓白：「(正旦云) 梅香，門首覷者，看有什麼人來。(梅云) 理會的。」

㊷ 淨：元劇角色行當名稱。一般認為淨是由唐參軍戲中的「參軍」演變而來。王國維古劇角色考：「淨即參軍之促音，『參』與『淨』為雙聲，『軍』與『淨』似疊韻。參軍之為淨，猶勃提之為披，邾屢之為鄒也。或以為淨乃由宋、金雜劇院本中的副淨演變而來，然元劇中的淨已很少插科打諢，淨與丑分工明確，形成大面（淨）、二面（副或付）、三面（丑）三種不同行當。淨於明清以後與丑更是絕然不同的行當。」

（做見梅香科，云）姐姐，唱喏哩。（梅香云）兀那廝，你是甚麼人？（淨云）這裏敢是張相公宅子麼？（梅香云）則這裏就是。你問怎的？（淨云）我是京師來的，俺王相公得了官也，著我寄書來與家裏夫人知道。（梅香云）你則在這裏，我和小姐說去。（見正旦科，云）姐姐，王秀才得了官也，著人寄家書來，見在門首哩。（正旦云）著他過來。（梅香見淨云）兀那寄書的，過去見小姐。（淨見正旦驚科，背云）一個好夫人也，與我家奶奶生的一般兒㊸。（回云）我是京師王相公差我寄書來與夫人。（正旦云）梅香，將書來我看。（梅香云）兀那㊹漢子將書來。（淨遞書科）（正旦念書科，云）寓都下小壻王文舉拜上岳母座前：自到闕下，一舉狀元及第，待授官之後，文舉同小姐一時回家。萬望尊慈垂照不宣。他原來有了夫人也，兀的不氣殺我也！（氣倒科）（梅香救科，云）姐姐甦醒者。（正旦醒科）（梅香云）都是這寄書的。（做打淨科）（正旦云）王生，則被你痛殺我也！（唱）

【哨遍】將往事從頭思憶，百年情只落得一口長吁氣。為甚麼把婚聘禮不曾題，恐少年墮落了春闈㊺。想當日在竹邊書舍，柳外離亭，有多少徘徊意。爭奈匆匆去急，再不見音容瀟灑，空留下這詞翰清奇㊻。把巫山錯認做望夫石㊼，將小簡帖聯做斷腸集。恰微

㊸ 一個好夫人也二句：前句顧曲齋本和脈望館本均作「一個好東西也」；後句則二本均無。

㊹ 兀那：指示代詞，猶那，那個。既可指人，亦可指事和方位。元馬致遠漢宮秋第一折：「兀那彈琵琶的是哪位娘娘？」

㊺ 墮落了春闈：影響了科考。春闈，又稱「春試」，亦即「會試」。因其在春季舉行，故稱。參見楔子注❼。闈，科舉考試的考場。此句中「春闈」二字，三本均作「詩書」。

㊻ 想當日在竹邊書舍六句：三本均作「在後花園裏竹邊書舍，眼底陽臺，咫尺巫山雲雨，無奈朝朝日日，他本

雨初陰，早皓月穿窗，使行雲易飛㊽。

【耍孩兒】俺娘把冰綃剪破鴛鴦隻，不忍別遠送出陽關數里㊾。此時㊿無計住雕鞍，奈離愁與心事相隨。愁縈遍垂楊古驛絲千縷，淚添滿落日長亭酒一杯。從此去孤辰(51)限淒涼日，憶鄉關愁雲阻隔，著牀枕鬼病禁持(52)。

閒行去遠近，苦央及辭翰清奇」。此數句是倩女回憶之詞，從末句可知，王生曾有「詞翰」贈與倩女，後文之「小簡帖」可證。

㊼ 把巫山錯認做望夫石：猶言將美姻緣誤作了無望的等待。巫山，往往與雲雨連用，參見楔子注⑩。望夫石，民間傳說中有婦人盼望丈夫歸來，長久佇立而化為石。望夫石有多處，湖北、遼寧、江西、貴州、寧夏等地均有。初學記引南朝宋劉義慶幽明錄：「武昌北山有望夫石，狀若人立。」

㊽ 恰微雨初陰三句：此三句中「微雨」，三本均作「湘雨」；「早」字三本均作「奈」字；「使」字三本均作「早」字。

㊾ 俺娘把冰綃剪破鴛鴦隻二句：冰綃，精細而透明的白色薄絹。明張鳳翼紅拂記教婿覓封：「淚染冰綃，愁濃綠蟻，為功名難免別離。」這裡的冰綃當指王生寫給倩女的「詞翰」（簡帖），即寫於絹上的情詞。或以為似指繡著雙鴛鴦的手帕一類定情信物，被「剪破」，即拆散了一對有情人的美滿姻緣。

㊿ 此時：此二字下三本有「有意送征帆」五字。

(51) 孤辰：古代占卜術語。日為天干，辰為地支。孤辰指六甲中無天干相匹配之地支，如甲子旬中無戌亥，戌亥即為孤辰；甲戌旬中無申酉，申酉即為孤辰。餘可類推。迷信說法，生辰八字中占孤辰，不吉利。若婦女犯孤辰，便是所謂「孤辰寡宿」，主命中無丈夫。明湯顯祖牡丹亭鬧殤：「夫人，不是你坐孤辰把子宿囂，則是我坐公堂冤業報。」孤辰限，猶言孤辰命。

(52) 著牀枕鬼病禁持：臥牀為病魔所折磨。鬼病，即前所言「腌臢病」，參見本折注⑫。禁持，這裡有無奈、任其

【四煞】都做了一春魚鴈無消息。不甫能(53)一紙音書盼得，我則道春心滿紙墨淋漓，原來比休書多了箇封皮。氣的我痛如淚血流難盡，爭些魂逐東風吹不回。秀才每心腸黑(54)，一箇箇貧兒乍富，一箇箇飽病難醫。

【三煞】這秀才則好謁僧堂三頓齋，則好撥寒爐一夜灰，則好教偷燈光鑿透鄰家壁(55)，則好教一場雨淹了中庭麥，則好教半夜雷轟了薦福碑(56)。不是我閒淘氣(57)，便死呵死而

擺布之意。

(53) 不甫能：適纔，剛剛。這裡有「好不容易」之意。元白樸梧桐雨第三折：「眼兒前不甫能栽起合歡樹，恨不得手掌裏奇擎著解語花，盡今生翠鸞同跨。」

(54) 秀才每心腸黑：此句三本均無「心腸黑」三字。

(55) 這秀才三句：謂書生寒酸清貧，拮据窘迫。僧堂齋飯、寒爐撥灰、鑿壁偷光，皆言讀書人未濟時之困頓。則好，只合，只應。謁僧堂三頓齋，到寺院討得一日三餐。唐王播早年家貧，每每聞聽到寺院齋時鐘聲，便趕去吃齋飯。久而久之，僧人厭倦，改為齋後敲鐘，有為難王播之意。事見唐摭言。宋元間則又將這一故事附會於宋代的呂蒙正名下，元馬致遠有呂蒙正風雪齋後鐘雜劇。撥寒爐一夜灰，亦是呂蒙正故事。蒙正科舉及第之前，貧困潦倒，居於破舊寒窰中，曾作詩自歎：「還家羞對妻兒面，撥盡寒爐一夜灰。」元王實甫有呂蒙正風雪破窰記雜劇。偷燈光鑿透鄰家壁，用的是匡衡故事。西漢時的匡衡刻苦讀書不舍晝夜，怎奈家貧無燭，不得已而鑿透牆壁，借鄰家的燈光讀書不輟。事見晉葛洪西京雜記卷二。

(56) 則好教一場雨二句：東漢時的高鳳，勤勉好學，手不釋卷。其妻將剛收的麥子曬在院中，囑其吆喝著勿使雞食麥粒。不料突然天降大雨，而高鳳持竿誦讀，全然不覺，結果麥子全被潦水沖走。事見後漢書逸民傳。半夜雷轟了薦福碑，相傳宋代的張鎬未取得功名時，貧困交加。范仲淹在洛陽時，想要接濟張鎬，為其搨薦福

無怨，待悔呵悔之何及。

【二煞】倩女呵病纏身則願的天可憐，梅香呵我心事則除是你盡知，望他來表白我真誠意。半年甘分58躭疾病，鎮日無心掃黛眉。不甫能捱得到今日，頭直上打一輪皂蓋，馬頭前列兩行朱衣59。

【尾煞】並不聞琴邊續斷絃，倒做了山間滾磨旗60，剗地61接絲鞭別娶了新妻室，這是我棄死忘生落來的62。（梅香扶正旦下）

寺中歐陽詢所書碑文一千紙，往市上貨賣以糊口。不意當晚雷電擊碎了石碑，備好了紙墨，卻搨不成碑文了。事詳宋惠洪冷齋夜話卷二。後人考證，薦福碑文非為歐書，而是顏真卿所書。元馬致遠有半夜雷轟薦福碑雜劇敷演此事。

57 淘氣：猶「惹氣」。

58 甘分：甘心情願，安分守己。

59 頭直上打一輪皂蓋二句：謂王生得了官後之排場。頭直上，即頭頂上。皂蓋，黑色遮傘。官員出行時其車上用以避雨遮陽的冠蓋。朱衣，指朱衣吏，古代官員出行時的前導之吏從。元武漢臣老生兒第二折：「頭上打一輪皂蓋，馬前列兩行朱衣。」

60 並不聞琴邊續斷絃二句：琴邊續斷弦，此指停妻另娶。古以琴瑟喻夫妻，故喪妻稱「斷弦」，繼娶則稱「續弦」。明沈鯨雙珠記處分後事：「我新喪偶，尚未續絃，令正既是嫁人，何不與我成婚？」山間滾磨旗，揮動著旗幟在山上翻滾。喻指引發了紛爭。磨，揮動，搖搌。宋孟元老東京夢華錄卷七駕登寶津樓諸軍呈百戲：「次一人磨旗出馬，謂之『開道旗』。」

61 剗地：亦作「剗的」。怎的，如何。

（淨云）都是俺爺不是了，你娶了老婆便罷，又著我寄紙書來做甚麼？我則道是平安家信，原來是一封休書，把那小姐氣死了，梅香又打了我一頓。想將起來，都是俺爺不是了。（詩云）想他做事沒來由63，寄的書來惹下愁。若還差我再寄信，只做烏龜縮了頭64。（下）

62 落來的：落下的。含怨忿之意。

63 沒來由：無故的，沒道理的。元關漢卿竇娥冤第三折：「沒來由犯王法，不提防遭刑憲，叫聲屈動地驚天！」

64 只做烏龜縮了頭：此句三本均作「丟他老子禿光頭」；以上四句下場詩，首句中的「他」字，顧曲齋本和脈望館本均作「咱」。

第四折

（正末上云）歡來不似今朝，喜來那逢今日。小官王文舉，自從與夫人到于京師，可早三年光景也❶。謝聖恩可憐❷，除小官衡州府判，著小官衣錦還鄉。左右收拾行裝，輛起細車兒❸，小官同夫人往衡州赴任去，則今日好日辰，便索長行也❹。（夫人上云）自從倩女孩兒染其疾病，三年光景，名方妙藥，醫治不可，孩兒如醉如痴，終日不醒，似此如之奈何？下次小的每，門首覷著，看有甚麼人來。（末同魂旦上云）夫人，誰想今日衣錦還鄉也。（魂旦云）幸得丈夫狀元及第，兩口兒衣錦還鄉，誰想有今日也呵❺！（唱）

---

❶ 可早三年光景也：早，已經，已是。此句下顧曲齋本和脈望館本有「為小官廉能正直，幹事公平」二句。

❷ 聖恩可憐：皇帝愛重。可憐，見愛，依重。

❸ 輛起細車兒：即駕起精美的車子。輛，猶駕，名詞用作動詞，謂備好車轎。元關漢卿陳母教子第三折：「孩兒休背（備）馬，輛起兜轎，著四個孩兒擡著老身，我親見大人去來。」

❹ 便索長行也：索，將要，須待。長行，遠行，長途跋涉。此句下顧曲齋本和脈望館本有四句下場詩：「行忠孝輔助朝綱，得昇除四海名揚。喜孜孜加官進祿，笑吟吟衣錦還鄉。」

❺ 誰想有今日也呵：從「（夫人上云）自從倩女孩兒染其疾病」始，至此句止，乃據三本補入。原本簡作「（魂旦上云）相公，我和你兩口兒衣錦還鄉，誰想有今日也呵」。王季思先生全元戲曲本以為原本「不如三本妥

【黃鐘・醉花陰】行李蕭蕭倦修整，甘歲月淹留帝京❻。只聽的花外杜鵑聲，催起歸程。將往事從頭省❼，我心坎上猶自不惺惺❽，做了場棄業拋家惡夢境。

【喜遷鶯】據才郎心性，莫不是向天公買撥來的聰明。那更，內才外才相稱❾，一見了不由人不動情。忒志誠，兀的不傾了人性命，引了人魂靈。

（正末云）小姐，兜住馬慢慢的行將去。（魂旦唱）

【出隊子】騎一匹龍駒暢好口硬❿，恰便似馱張紙不恁般⓫輕。騰、騰、騰，收不住玉勒⓬常是虛驚，火、火、火，坐不穩雕鞍劃地眼生，撒、撒、撒，挽不定絲繮則待攛

貼」，故補之。玆從之。

❻ 行李蕭蕭倦修整二句：蕭蕭，簡陋，簡便。唐牟融送范啟東還京：「蕭蕭行李上征鞍，滿日離情欲去難。」甘歲月，情願度過時日。

❼ 從頭省：謂將與王生的情事細細回想起來。省，本為反省之義，這裡是追憶的意思。

❽ 惺惺：猶「清醒」。此是魂靈意態，故言。

❾ 那更二句：這二句三本均作「多能，更外才相稱」。

❿ 騎一匹龍駒暢好口硬：龍駒，寶馬，駿馬。唐杜甫惜別行送劉判官：「祇收壯健勝鐵甲，豈因格鬬求龍駒。」暢好口硬，謂馬恰好是年齡不大不小，最有力氣之時。口，指馬的年齡。硬，最佳，恰好。

⓫ 不恁般：亦作「不恁的」、「不恁地」，為不這樣之意。金董解元西廂記諸宮調卷八：「料想當日別離，不恁的苦。」

⓬ 玉勒：玉飾的馬銜，即俗稱的馬嚼子。亦借指馬。明梅鼎祚玉合記贈處：「玉勒乍回初噴沫，金鞭欲下不成嘶。」

行⑬。

【刮地風】行了些這沒撒和⑭的長途有十數程，越恁的骨瘦蹄輕。暮春天景物撩人興，更見景留情⑮。怪的是滿路花生⑯，一攢攢綠楊紅杏，一雙雙紫燕黃鶯；一對蜂，一對蝶，各相比並⑰。想天公知他是怎生，不肯教惡了人情⑱。

【四門子】中間裏列一道紅芳徑，教俺美夫妻並馬兒行。咱如今富貴還鄉井⑲，方信道耀門閭畫錦榮。若見俺娘，那一會驚，剛道來的話兒不中聽，是這等門廝當，戶廝撐，怎教咱做妹妹哥哥答應⑳。

---

⑬ 坐不穩雕鞍劃地眼生三句：劃地，這裡是突然間，一下子之意。眼生，是說馬跑得快，瞬間景移，看著景物都是「生」的（不熟悉的）。攛行，飛奔，跳躍著疾馳。「挽不定絲繮」，三本均作「勒不住嚼環」。

⑭ 沒撒和：繼續趕路，不停歇。撒和，亦作「撒貨」、「撒活」。蒙古語，即撒花。多引申指以飲食待客或以草料餵飼牲口，又引申為人在途中休整歇息。元楊瑀山居新語：「凡人有遠行者，至巳、午時，以草料飼驢馬，謂之撒和，欲其致遠不乏也。」元王實甫西廂記第一本第一折：「安排下飯，撒和了馬，等哥哥回家。」

⑮ 更見景留情：與上文「劃地眼生」句相呼應，謂移步換景，令人欣喜。此句中的「留」字，三本均作「生」。

⑯ 怪的是滿路花生：此句中的「怪」字，顧曲齋本和脈望館本均作「竭」。

⑰ 各相比並：比並，本義是比較、較量的意思，這裡用意為比翼雙飛，各逞其美。此句顧曲齋本和柳枝集本均作「各自趁」；脈望館本作「各自相趁」。

⑱ 不肯教惡了人情：惡，這裡是「違悖」之意。此「惡」字三本均作「失」字。

⑲ 咱如今富貴還鄉井：此句「今」字下三本均有一「雙」字。

⑳ 剛道來的話兒不中聽四句：謂王文舉得官而歸，老夫人「賴婚」顯然是沒理由了，恐會很尷尬。「不中聽」，

【古水仙子】全不想這姻親是舊盟㉑，則待教祆廟火㉒刮刮匝匝烈焰生，將水面上鴛鴦忒楞楞騰分開交頸，疏刺刺沙鞲雕鞍撒了鎖鞓㉓，廝琅琅湯偷香處喝號提鈴㉔，支楞楞爭弦斷了不續碧玉箏，吉丁丁璫精磚上摔破菱花鏡㉕，撲通通冬井底墜銀瓶㉖。

三本俱作「沒面情」，「話兒」當指老夫人「三輩兒不招白衣秀士」等語。門廝當，戶廝撐，是說得了官的王生，與張家稱得上門當戶對了。「撐」字三本俱作「應」。末句「怎教咱做妹妹哥哥答應」，三本均作「則怕他言行不清」。

㉑ 全不想這姻親是舊盟：此句顧曲齋本和脈望館本均作「據著俺子母情」；柳枝集本作「據著俺老母情」。

㉒ 祆廟火：火燒祆廟，是民間傳說中的一個忠貞愛情故事。古蜀帝生公主，由陳氏婦為乳母。陳將其幼子帶入宮禁，居十多年。後陳氏母子離開宮禁。過了多年，其子因思念公主而病，陳氏私下達告公主。公主遂以幸祆廟為名去會陳子。不期公主入廟後，子正沉睡，公主便將一玉環置於子懷中，怏怏而去。子見公主幼時貼身玉環，悔怨之氣化成火，竟將祆廟焚燒。事見淵鑒類函卷五十八引蜀志。這裡借指因愛情受阻而生的怨尤之氣。

㉓ 鞲雕鞍撒了鎖鞓：鞲雕鞍，即鞲馬。鎖鞓，皮帶與馬銜組成的繮鎖，為控馭馬匹行止的器具。撒開了鎖鞓，馬就可以放任馳騁了。鞓，音ㄊㄧㄥ。疏刺刺沙，象聲詞。此〔古水仙子〕曲多用象聲詞，前面的「刮刮匝匝」、「忒楞楞騰」；後面的「廝琅琅湯」、「支楞楞爭」、「吉丁丁璫」、「撲通通冬」均是。

㉔ 偷香處喝號提鈴：偷香，用「韓壽偷香」事。晉韓壽美姿容，曾為賈充幕僚。賈充之女兒屬意於韓壽，遂相私通。賈家藏有西域異香，賈女私贈韓壽。賈充覺而問韓壽，俱以實答。賈充遂以女嫁韓壽。事見晉書賈謐傳及南朝宋劉義慶世說新語惑溺。喝號提鈴，亦作「提鈴喝號」。本指夜裡打更巡邏、警戒醒眾之情狀，亦借喻監防男女情事。元湯式〔集賢賓〕友人愛姬為權豪所奪套曲：「更做道孫武子教來武藝高，止不過提鈴喝號。」此句中「喝」，王季思先生全元戲曲本作「唱」，形近而誤。

（正末云）早來到家中也。小姐，我先過去。（做見跪云㉗）母親，望饒恕你孩兒罪犯則箇。（夫人云）你有何罪？（正末云）小生不合私帶小姐上京，不曾告知。（夫人云）小姐現今染病在牀，何曾出門？你說小姐在那裏？（魂旦見科）（夫人云）這必是鬼魅。（魂旦唱）

【古寨兒令㉘】可憐我伶仃，也那㉙伶仃，閣不住兩淚盈盈。手拍著胸脯自招承，自感歎，自傷情，自懊悔，自由性㉚。

【古神仗兒】俺娘他毒害的有名，全無那子母面情。則被他將一箇癡小冤家㉛，送的來

㉕ 菱花鏡：亦簡作「菱花」。古代銅鏡名。因古鏡多為六角形，背面刻有菱形圖案，故稱。元關漢卿玉鏡臺第二折：「緱山無夢碧瑤笙，玉臺有主菱花鏡。」

㉖ 井底墜銀瓶：唐白居易有一首井底引銀瓶詩，敘一女子與她所愛的男子私奔，男子家卻不承認她正妻的身分，令其絲繩繫銀瓶汲水，石上磨玉簪，百般刁難。結果是「銀瓶欲上絲繩絕」，「玉簪欲成中央折」，使一對相愛的青年男女被迫分離。元白樸的牆頭馬上雜劇曾化用過此故事情節。金董解元西廂記諸宮調卷一：「也不是崔韜逢雌虎，也不是鄭子遇妖狐，也不是井底引銀瓶。」（古水仙子）一曲，是倩女對母親阻撓婚事的怨忿與指責。

㉗ 做見跪云：此處三本均作「（做見科）（夫人云）孩兒回來了。（末跪云）」。

㉘ 古寨兒令：此曲及下一曲（古神仗兒），顧曲齋本和脈望館本均作（寨兒令）一曲，曲文是：「我每日價縈縈，閣不住淚眼盈盈。（云）如今有的罪過，（唱）手拍著胸脯自招承，自感歎，自傷情。則被你將一個癡小冤家，送的來離鄉背井。每日價煩煩惱惱，孤孤另另，少不得乞良成病，斷送了潑殘生。」

㉙ 也那：語氣詞襯字，無實義。

㉚ 自由性：無奈，這是由著自己性情產生的後果。有自做自受的意思。

離鄉背井。每日價煩煩惱惱，孤孤另另，少不得厭煎㉜成病，斷送了潑殘生。

（正末云）小鬼頭，你是何處妖精？從實說來。若不實說，一劍揮之兩段！（做拔劍砍科，魂旦驚科，云）可怎了也！（唱）

【幺篇】沒揣的㉝一聲，狠似雷霆；猛可裏謊一驚，丟了魂靈。這的是俺娘的弊病，要打滅醜聲，佯做箇寧掙㉞。妖精也甚精。男兒也看我這舊恩情，你且放我去與夫人親折證㉟。

（夫人云）王秀才且留人。他道不是妖精，著他到房中，看那個是伏侍他的梅香㊱。（梅香扶正旦昏睡科）（魂旦見科，唱）

㉛ 癡小寃家：倩女自指。民間迷信說法，謂父母與子女是前世的寃家，今生兒女是來索債的。後因父母對子女疼愛有加，付出甚多，稱兒女為寃家則成了暱稱。今北人仍習用之。

㉜ 厭煎：煩惱，煎熬。

㉝ 沒揣的：亦作「沒揣」。意外的，未曾料到。這裡是無端的、突然間之意，與下文「猛可裏」互文對舉。元李行道灰闌記：「沒揣的告府經官，喫了些六問三推。」

㉞ 要打滅醜聲二句：是說老夫人擔心外間聞得女兒與人私奔的醜名聲，此刻佯裝糊塗。寧掙，即「嚀掙」。寧，音ㄧ丶。本指打寒噤，如元李文蔚燕青博魚第三折：「我這裏呵欠罷翻身，打個嚀掙。」這裡是「楞在那裡」之意，而且是裝出來的。

㉟ 你且放我去與夫人親折證：此句顧曲齋本和脈望館本均作「你且放我這潑性命」。折證，對證；指辯。元無名氏爭報恩第二折：「儘管他放蕩形骸，我可也萬千事不折證。」

㊱ 看那個是伏侍他的梅香：即察看倩女之魂是否認得出自己的丫鬟。那，今應作「哪」。

【掛金索】驀入門庭，則教我立不穩行不正；望見首飾妝奩，志不寧心不定；見幾箇年少丫鬟，口不住手不停；擁著箇半死佳人，喚不醒呼不應。

【尾聲】猛地回身來合併，牀兒畔一盞孤燈，兀良㊲，早則照不見伴人清瘦影㊳。（魂旦附正旦體科，下）

（梅香做叫科，云）小姐，小姐，王姐夫來了也。（正旦醒科，云）王郎在那裏？（正末云）小姐在那裏？（梅香云）恰纔那個小姐，附在小姐身上，就甦醒了也。（旦末相見科）（正末云）小生得官後，著張千曾寄書來。（正旦唱）

【側磚兒】哎你箇辜恩負德王學士，今日也有稱心時。不甫能㊴盼得音書至，倒揣與我箇悶弓兒㊵。

【竹枝歌】打聽為官折了桂枝㊶，別娶了新婚甚意思？著妹妹目下恨難支㊷，把哥哥閒

㊲ 猛地回身來合併三句：三本均作「陌地心回猛然省，兀良，草店上一盞孤燈。」合併，指靈魂與軀體合在一起。兀良，猶「無那」，指示代詞，即那，那個。可指人、物或事，此指「孤燈」。元范康竹葉舟第一折：「寒煙生古渡，無良，便是你茅舍舊鄉閭。」

㊳ 早則照不見伴人清瘦影：謂那孤燈再也照不到病軀臥牀的倩女了。人清瘦影，指離魂後的身體形銷骨立。

㊴ 不甫能：適纔，剛剛。這裡有「好不容易」之意。

㊵ 悶弓兒：本指發射力不強、聲音不響亮的弓弩，亦用以比喻捉摸不定或猜不透的事。元無名氏抱妝盒第三折：「兀的不是個難開難解悶弓兒，娘娘也，甚意兒？」

㊶ 折了桂枝：指科舉及第。元王實甫西廂記第三本第一折：「你將那偷香手，準備著折桂枝。」

傳示43。則問這小妮子，被我都搖搖44的扯做紙條兒。

（正末云）小姐分明在京隨我三年，今日如何合為一體？（正旦唱）

【水仙子】想當日暫停征棹飲離尊45，生恐怕千里關山勞夢頻。沒揣的靈犀一點潛相引46，便一似生箇身外身，一般般兩箇佳人：那一個跟他取應，這一箇淹煎47病損。母親，則這是倩女離魂。

（夫人云）天下有如此異事。今日是吉日良辰，與你兩口兒成其親事，小姐就受五花官誥，做了夫人縣君也48。一面殺羊造酒，做箇大大慶喜的筵席。（同下）

題目　鳳闕詔催徵舉子
　　　陽關曲慘送行人

---

42 著妹妹目下恨難支：此句顧曲齋本作「知那時下恨難支」。

43 把哥哥閒傳示：把，即把看。閒傳示，猶言無意義的書信。傳示，口信，書信。

44 搖搖：別本或作「擓擓」，象聲，猶嗤嗤。

45 停征棹飲離尊：停下船飲離別酒。征棹，遠行的船。棹，船槳，代指船。

46 沒揣的靈犀一點潛相引：突然間靈魂出竅，潛相追隨。靈犀一點，化用唐李商隱無題詩句：「身無彩鳳雙飛翼，心有靈犀一點通。」此句中「潛相引」三字，三本均作「成秦晉」。

47 淹煎：長久煎熬，指疾病纏綿。明賈仲名蕭淑蘭第三折：「病淹煎苦被東風禁，淚連綿惟把春衫滲。」

48 做了夫人縣君也：夫人縣君，參見第二折注38。此句三本均作「人間喜事，無過夫婦團圓」。

正名　調素琴王生寫恨
　　　迷青瑣倩女離魂㊾

㊾ 題目六句：原本在「（詩云）」下有四句詩，實即「題目、正名」，而在「音釋」後又添出詩的後二句作為「題目正名」，明顯重複。此據脈望館本改。

附錄一　倩女離魂雜劇之本事

離魂記　陳玄祐撰　據太平廣記校錄　標目依本文舊題

天授三年，清河張鎰，因官家於衡州。性簡靜，寡知友。無子，有女二人。其長早亡；幼女倩娘，端妍絕倫。鎰外甥太原王宙，幼聰悟，美容範。鎰常器重，每曰：「他時當以倩娘妻之。」後各長成。宙與倩娘常私感想於寤寐，家人莫知其狀。後有賓寮之選者求之，鎰許焉。女聞而鬱抑；宙亦深恚恨。託以當調，請赴京，止之不可，遂厚遣之。宙陰恨悲慟，決別上船。日暮，至山郭數里。夜方半，宙不寐，忽聞岸上有一人行聲甚速，須臾至船。問之，乃倩娘徒行跣足而至。宙驚喜發狂，執手問其從來。泣曰：「君厚意如此，寢夢相感。今將奪我此志，又知　君深情不易，思將殺身奉報，是以亡命來奔。」宙非意所望，欣躍特甚。遂匿倩娘于船，連夜遁去。倍道兼行，數月至蜀。凡五年，生兩子，與鎰絕信。其妻常思父母，涕泣言曰：「吾曩日不能相負，棄大義而來奔君。向今五年，恩慈間阻。覆載之下，胡顏獨存也？」宙哀之，曰：「將歸，無苦。」遂俱歸衡州。既至，宙獨身先至鎰家，首謝其事。鎰曰：「倩娘病在閨中數年，何其詭說也！」宙曰：「見在舟中！」鎰大驚，促使人驗之。果見倩娘在船中，顏色怡暢，訊使者曰：「大人安否？」家人異之，疾走報鎰。室中女聞喜而起，飾粧更衣，笑而不語，出與相迎，翕然而合為一體，其衣裳皆重。其家以事不正，祕之。惟親戚間有潛知之者。後四十年間，夫妻皆喪。二男並孝廉擢第，至丞尉。事出陳玄祐離魂記云。（按以上九字疑衍）玄祐少常聞此說，而多異同，或謂其虛，大曆末，遇萊蕪縣令張仲規，因備述其本末。鎰則仲規堂叔，而說極備悉，故記之。

按倩女離魂事，太平廣記三百五十八已採入，而題為王宙，下注出離魂記。本文至丞尉句下，亦有「事出陳玄祐離魂記云」九字，雖屬羨文，然本篇之原題與作者，固可藉以考見也。今即據以改正。至陳玄祐生平，則無可考。據本文云，大曆末年，遇萊蕪縣令張仲覲，備述本末，而為此記。則陳固大曆時人矣。

又按此即元人鄭德輝倩女離魂劇本之本事也。其事至怪而乏理解。但古今豔稱，詩歌引用，遂成典實。其實類此者，尚有數事，惟此獨傳耳。今酌錄數則：

幽明記龐阿一條云：鉅鹿有龐阿者，美容儀。同郡石氏有女，曾內覩阿，心悅之。未幾，阿見此女來詣阿妻，妻極妬。聞之，使婢縛之，送還石家。中路遂化為煙氣而滅。婢乃直詣石家說此事，石氏之父大驚曰：「我女都不出門，豈可毀謗如此。」阿婦自是常加意伺察之。居一夜，方值女在齋中。乃自拘執以詣石氏。石氏父見之，愕眙曰：「我適從內來，見女與母共作，何得在此？」即令婢僕於內喚女出。向所縛者，奄然滅焉。父疑有異，故遣其母詰之。女曰：「昔年龐阿來廳中，曾竊視之，自爾彷彿，即夢詣阿，及入戶，即為妻所縛。」石曰：「天下遂有如此奇事？」夫精情所感，靈神為之冥著滅者，蓋其魂神也。既而女誓心不嫁。經年阿妻忽得邪病，醫藥無徵。阿乃授幣石氏女為妻。（廣記三百五十八）

靈怪錄鄭生一條云：鄭生者，天寶末應舉之京。至鄭西郊，日暮，投宿主人。主人問其姓，鄭以實對。內忽使婢出，云：「娘子合是從姑。」須臾，見一老母自堂而下。鄭拜見，坐語久之。問其婚姻。乃曰：「姑有一外孫女在此，姓柳氏，其父現任淮陰縣令，與兒門地相埒。今欲將配君子，以為何如？」鄭不敢辭。其夕成禮，極人世之樂。遂居之。數月，姑謂鄭生可將婦歸柳家。鄭如其言，挈其妻至淮陰。先報柳氏。

柳舉家驚愕，柳妻意疑令有外婦生女，怨望形言。俄頃，女家人往視之，乃與家女無異。既入門下車，冉冉行庭中。內女聞之，笑出視，相值于庭中，兩女忽合，遂為一體。令即窮其事，乃是妻之母先亡，而嫁外孫女之魂焉。生復尋舊跡，都無所有。（廣記三百五十八）

獨異記韋隱一則云：大曆中將作少匠韓晉卿女，適尚衣奉御韋隱。隱奉使新羅，行及一程，愴然有思，因就寢，乃覺其妻在帳外，驚問之。答曰：「愍君涉海，志願奔而隨之，人無知者。」隱即詐左右曰：「欲納一妓，將侍枕席。」人無怪者。及歸已二年，妻亦隨至。隱乃啓舅姑首其罪，而室中宛存焉。及相近，翕然合體。其從隱者，乃魂也。（廣記三百五十八）

（據汪辟疆唐人小說逐錄）

附錄二　有關鄭德輝倩女離魂雜劇之劇評

明朱權太和正音譜：

鄭德輝之詞，如九天珠玉。其詞出語不凡，若咳唾落乎九天，臨風而生珠玉，誠傑作也。

明李開先詞謔：

倩女離魂第三折，亦德輝作，中呂。他調少有儷其美者。

明胡應麟少室山房筆叢：

倩女離魂事亦出唐人小說，雖怪甚，然六朝此類甚多。鄭德輝雜劇尚傳，神俊不若王，高古弗如董也。

明何良俊四友齋叢說：

鄭德輝倩女離魂〔越調．聖藥王〕曲：「近蓼花，纜釣槎，有折蒲衰柳老蒹葭。過水洼，傍淺沙，遙望見，煙籠寒水月籠沙，我只見茅舍兩三家。」如此等語，清麗流便，語入本色。然殊不穠郁，（此〔聖藥王〕曲各本文字略有不同）宜不諧於俗耳也。

明孟稱舜古今名劇合選柳枝集：

（倩女離魂）酸楚哀怨，令人腸斷。昔時西廂記，近日牡丹亭，皆為傳情絕調，兼之者其此劇乎！牡丹亭格調原祖此，讀者當自見也。

明沈德符顧曲雜言：

至若㑳梅香、倩女離魂、牆頭馬上等曲，非不清爽，然不出房帷窠臼，以西廂例之可也。

近人吳梅霜厓曲話：

倩女離魂記王文舉、張倩女事。離魂情節與兩世姻緣略同。蓋元人通套，不以抄襲為嫌也。離魂雙度幻中眷屬，又與湯臨川牡丹亭、吳梅村秣陵春相類。言情之作，作者太多，欲脫窠臼，實非易事。詞中敘情處未脫陳言，點景處卻有妙語。如〔聖藥王〕云：「近蓼洼，纜釣槎，有折蒲衰柳老蒹葭。傍水凹，折藕芽，見煙籠流水月籠沙，茅舍兩三家。」致佳。他如〔東原樂〕云：「你若是赴御宴瓊林罷，媒人每攔住馬。高挑起染渲佳人丹青畫，賣弄他生長在王侯宰相家。你戀著那奢華，你敢新婚燕爾在他門下。」〔綿搭絮〕云：「你做了貴門嬌客，一樣矜誇。那相府榮華，錦繡堆壓，你還想飛入尋常百姓家？」〔四煞〕云：「都做了一春魚雁無消息，不甫能一紙音書盼得。我則道春心滿紙墨淋漓，原來比休書多了個封皮。氣的我痛如淚血流難盡，爭些兒魂逐東風吹不回。秀才每心腸黑，一個個貧兒乍富，一個個飽病難醫。」亦有風致。

近人王國維宋元戲曲考：

其寫男女離別之情者，如鄭光祖倩女離魂第三折：〔醉春風〕空服遍瞑眩藥不能痊，知他這腌臢病何日起。要好時直等的見他時，也只為這症候因他上得、得。一會家縹緲呵，忘了魂靈，一會家精細呵，使著軀殼，一會家混沌呵不知天地。〔迎仙客〕日長也愁更長，紅稀也信更稀，春歸也奄然人未歸。我則道相別也數十年，我則道相隔著數萬里；為數歸期，則那竹院裏刻琅玕翠。此種詞如彈丸脫手，後人無能為役；唯南曲中拜月、琵琶差能近之。又云：元代曲家，稱關、馬、鄭、白。然以其年代造詣論之，寧稱關、白、馬、鄭為妥也……鄭德輝清麗芊綿，自成馨逸，均不失為第一流……以唐詩喻之……德輝似溫飛卿……以宋詞喻之……德輝似秦少游……。

附錄三　鄭德輝倩女離魂研究相關論文索引

1. 鄭德輝的雜劇倩女離魂　徐朔方　徐朔方集（第一卷）第一八八頁，杭州，浙江古籍出版社，西元一九九三年版

2. 〈惠娘魄偶〉不是〈倩女離魂〉　彤彬　濟南，文史哲，西元一九五七年第四期

3. 魂離・夢遇——淺談〈倩女離魂〉和〈牡丹亭〉的情節提煉　陳美林　南京，江蘇戲劇，西元一九八一年第七期

4. 〈倩女離魂〉的題材、情節和語言　陳美林　元雜劇鑑賞集第一五六頁，北京，人民文學出版社，西元一九八三年版

5. 驚夢・離魂・遊陰——〈西廂記〉〈倩女離魂〉〈牡丹亭〉浪漫主義創作方法初探　徐鳳生　南京，江蘇戲劇，西元一九八三年第十一期

6. 〈倩女離魂〉是〈西廂記〉的反動嗎？　姜志信　石家莊，河北師範學院學報，西元一九八四年第二期

7. 傑出、獨特的東方意識流戲曲——〈倩女離魂〉　李正民　曹凌燕　載中華戲曲叢刊第拾陸輯，太原，山西人民出版社，西元一九八五年版，亦見首屆元曲國際研討會論文集（下）第四八三頁，石家莊，河北教育出版社，西元一九九四年版

8. 從「驚夢」到「離魂」——試論〈倩女離魂〉對〈西廂記〉的繼承與發展　歐陽光　原載中山大學古代戲曲論叢第二輯，亦見張月中主編元曲通融（下）第二三〇一頁，太原，山西古籍出版社，西元一九九九

九年版

9. 這次第，怎一個「情」字了得——〈倩女離魂〉第二折劇詩賞析　翁敏華　上海，上海戲劇，西元一九八四年第四期

10. 略論鄭光祖和他的〈倩女離魂〉　徐定寶　杭州，杭州師範學院學報，西元一九八五年第二期

11. 別情淒婉　佳曲醉人——元雜劇〈倩女離魂〉曲詞賞析　祝肇年　北京，戲劇文學，西元一九八五年第二期

12. 〈倩女離魂〉的藝術特色　吳乾浩　長春，戲劇文學，西元一九八六年第三期

13. 論元代雜劇兩「魂旦」兼及其他　翁敏華　上海，上海師範大學學報，西元一九八八年第一期

14. 〈倩女離魂〉——別具特色的元代愛情戲　田桂民　北京，戲曲藝術，西元一九八九年第三期

15. 〈倩女離魂〉新探　姜志信　張成武　瀋陽，社會科學輯刊，西元一九八八年第三期

16. 論元雜劇〈碧桃花〉〈倩女離魂〉中的幻想　周寅賓　長沙，湖南師範大學學報，西元一九九〇年第一期

17. 〈倩女離魂〉簡論　付笑萍　鄭州，中州學刊，西元一九九三年第五期

18. 從〈離魂記〉到〈倩女離魂〉　鄭裕敏　廣州，中山大學研究生學刊，第拾陸卷第三期，西元一九九五年

19. 鄭光祖雜劇文化意蘊心解　王劉純　鄭州，中州學刊，西元一九九九年第二期

20. 鄭光祖雜劇藝術成就探微　曾遠鴻　廣州，華南師範大學學報，西元二〇〇二年第一期

21. 〈倩女離魂〉藝術描寫的古俗內涵　郭其智　北京，戲曲研究，西元二〇〇四年第二期

22. 〈倩女離魂〉人稱代詞研究　尚虹　太原，山西煤炭管理幹部學院學報，西元二〇〇五年第四期

23. 〈倩女離魂〉和〈牡丹亭〉中的「魂」　吳美卿　許丹丹　桂林，廣西社會科學，西元二〇〇六年第六期

24. 從〈王宙〉到〈倩女離魂〉——論不同背景下的人物塑造　呂珍珍　南京，藝術百家，西元二〇〇六年第四期

25. 魂靈的超越與還原——〈倩女離魂〉與〈牡丹亭〉解讀　藺九章　都勻，黔南民族師範學院學報，西元二〇〇七年第五期

26. 在「夢」與「魂」之間——〈倩女離魂〉和〈牡丹亭〉的比較研究　歐俊勇　南昌，東華理工大學學報，西元二〇〇七年第三期

27. 淺析〈倩女離魂〉對〈離魂記〉的突破　宋佳東　賀州，賀州學院學報，西元二〇〇七年第一期

28. 試論〈倩女離魂〉故事題材的流傳與嬗變　宋佳東　蘇州，蘇州科技學院學報，西元二〇〇七年第二期

29. 〈倩女離魂〉與〈離魂記〉之比較　董霞　長沙，長沙通訊職業技術學院學報，西元二〇〇八年第二期

30. 〈倩女離魂〉之繼承與發展　毛義玲　貴陽，電影評介，西元二〇〇八年第五期

31. 從唐傳奇到元代才子佳人劇的嬗變　李雯　濟寧，濟寧學院學報，西元二〇〇九年第一期

32. 〈倩女離魂〉的情節結構藝術　胡鳴　周曉琳　呼和浩特，內蒙古農業大學學報，西元二〇〇九年第六期

33. 〈倩女離魂〉人物形象新解　康煒　長春，電影文學，西元二〇〇九年第十四期

34. 動靜切換：中國藝術意境創造的一種方式——從〈倩女離魂〉「背白」式意境談開　李良芳　南京，南京曉莊學院學報，西元二〇〇九年第五期

35. 從本我的釋放到向超我的皈依——簡論〈倩女離魂〉中倩女形象的悲劇屬性　楊正娟　鄭州，河南教育學院學報，西元二〇一〇年第四期

36. 情與理孰重——淺談〈離魂記〉與〈倩女離魂〉的差異　于俊　長沙，文學界・理論版，西元二〇一〇

年第十二期

37. 夢裏夢外都是情——以〈西廂記〉〈倩女離魂〉〈牡丹亭〉的比較研究為切入點　趙依　成都，四川戲劇，西元二〇一一年第五期

38. 元代後期流寓江南雜劇作家作品中的「變奏」現象論略——以〈倩女離魂〉〈東堂老〉為例　王子文　南昌，東華理工大學學報，西元二〇一一年第一期

39. 〈迷青瑣倩女離魂〉對「離魂」母題的繼承和發展　焦瑛　呼和浩特，內蒙古電大學刊，西元二〇一二年第一期

40. 淺析唐代小說〈離魂記〉的重寫現象　劉秋娟　樂山，樂山師範學院學報，西元二〇一二年第一期

41. 私奔主題下的〈牆頭馬上〉和〈倩女離魂〉之異同淺談　張漪　長沙，文學界：下旬版，西元二〇一三年第一期

42. 鄭光祖雜劇：清麗俏婉，臨風生珠　于學劍　北京，戲劇論叢，西元二〇一三年第一期

43. 〈倩女離魂〉的前身與後世　王永恩　福州，藝苑，西元二〇一三年第一期

44. 情之格調——讀〈離魂記〉〈倩女離魂〉〈牡丹亭〉　張斌　徐繼霖　北京，語文建設，西元二〇一三年第十期

45. 論〈倩女離魂〉的思想價值　張勤　長春，電影文學，西元二〇一三年第十期

46. 至情至意話離魂——淺談元雜劇〈倩女離魂〉的文學價值　楊宏　長春，戲劇文學，西元二〇一四年第十二期

47. 人情魂趣，有機統一——鄭光祖〈倩女離魂〉第二折賞析　王尚　昆明，雲南藝術學院學報，西元二〇

一五年第二期

48. 鄭光祖雜劇時空結構研究　龍燦宇　長沙，藝海，西元二〇一五年第六期

49. 〈倩女離魂〉相較於〈離魂記〉的有意敘事　馮艷梅　重慶，重慶城市管理職業學院學報，西元二〇一六年第四期

50. 〈倩女離魂〉與〈離魂記〉之比較　李靜　武漢，文學教育，西元二〇一六年第十二期

專家校注考訂　古典小說戲曲大觀

世俗人情類

- 紅樓夢　曹雪芹撰　饒彬校注
- 脂評本紅樓夢　曹雪芹原著　脂硯齋重評　馬美信校注
- 金瓶梅　笑笑生原作　劉本棟校注　繆天華校閱
- 老殘遊記　劉鶚撰　田素蘭校注　繆天華校閱
- 平山冷燕　天花藏主人編次　張國風校注　謝德瑩校閱
- 品花寶鑑　陳森著　徐德明校注
- 野叟曝言　夏敬渠著　黃珅校注
- 綠野仙踪　李百川著　葉經柱校注
- 禪真逸史　方汝浩撰　黃珅校注
- 海上花列傳　韓邦慶著　姜漢椿校注
- 九尾龜　張春帆著　楊子堅校注
- 醒世姻緣傳　西周生輯著　袁世碩、鄒宗良校注
- 三門街　清・無名氏撰　嚴文儒校注
- 花月痕　魏秀仁著　趙乃增校注
- 孽海花　曾樸撰　葉經柱校注　繆天華校閱
- 魯男子　曾樸著　黃珅校注
- 遊仙窟　玉梨魂（合刊）　張鷟、徐枕亞著　黃瑚、黃珅校注
- 筆生花　心如女史著　黃明校注　亓婷婷校閱
- 浮生六記　沈三白著　陶恂若校注　王關仕校閱
- 玉嬌梨　天藏花主人編撰　石昌渝校注
- 好逑傳　名教中人編撰　石昌渝校注
- 啼笑因緣　張恨水著　束忱校注
- 歧路燈　李綠園撰　侯忠義校注

公案俠義類

- 水滸傳　施耐庵撰　羅貫中纂修　金聖嘆批　繆天華校注

兒女英雄傳　文康撰　饒彬標點　繆天華校注
三俠五義　石玉崑著　張虹校注　楊宗瑩校閱
七俠五義　石玉崑原著　俞樾改編
　楊宗瑩校注　繆天華校閱
小五義　清・無名氏編著　李宗為校注
續小五義　清・無名氏編著　文斌校注
蕩寇志　俞萬春撰　侯忠義校注
綠牡丹　清・無名氏著　劉倩校注
羅通掃北　鴛湖漁叟較訂　劉倩校注
楊家將演義　紀振倫撰　楊子堅校注　葉經柱校閱
萬花樓演義　李雨堂撰　陳大康校注
粉妝樓全傳　竹溪山人編撰　陳大康校注
七劍十三俠　唐芸洲著　張建一校注
包公案　明・無名氏撰　顧宏義校注
　謝士楷、繆天華校閱
海公大紅袍全傳　清・無名氏撰
　楊同甫校注　葉經柱校閱
施公案　清・無名氏編撰　黃珅校注
乾隆下江南　清・無名氏著　姜榮剛校注

歷史演義類

三國演義　羅貫中撰　毛宗崗批　饒彬校注
東周列國志　馮夢龍原著　蔡元放改撰
　劉本棟校注　繆天華校閱
東西漢演義　甄偉、謝詔編著　朱恒夫校注
　劉本棟校閱
隋唐演義　褚人穫著　嚴文儒校注　劉本棟校閱
說岳全傳　錢彩編次　金豐增訂　平慧善校注
大明英烈傳　楊宗瑩校注　繆天華校閱

神魔志怪類

西遊記　吳承恩撰　繆天華校注
封神演義　陸西星撰　鍾伯敬評
　楊宗瑩校注　繆天華校閱
濟公傳　王夢吉等著　楊宗瑩校注　繆天華校閱
三遂平妖傳　羅貫中編　馮夢龍增補　楊東方校注
南海觀音全傳　達磨出身傳燈傳（合刊）
　西大午辰走人、朱開泰著　沈傳鳳校注

諷刺譴責類

儒林外史　吳敬梓撰　繆天華校注
官場現形記　李伯元撰　張素貞校注　繆天華校閱

文明小史　李伯元撰　張素貞校注　繆天華校閱
鏡花緣　李汝珍撰　尤信雄校注　繆天華校閱
二十年目睹之怪現狀　吳趼人著　石昌渝校注
何典　斬鬼傳　唐鍾馗平鬼傳（合刊）
張南莊等著　鄔國平校注　繆天華校閱

擬話本類

拍案驚奇　凌濛初撰　劉本棟校注　繆天華校閱
二刻拍案驚奇　凌濛初原著　徐文助校注
繆天華校閱
喻世明言　馮夢龍編撰　徐文助校注　繆天華校閱
警世通言　馮夢龍編撰　徐文助校注　繆天華校閱
醒世恒言　馮夢龍編撰　廖吉郎校注　繆天華校閱
今古奇觀　抱甕老人編　李平校注　陳文華校閱
豆棚閒話　照世盃（合刊）
艾衲居士、酌元亭主人編撰
陳大康校注　王關仕校閱
石點頭　天然癡叟著　李忠明校注　王關仕校閱
十二樓　李漁著　陶恂若校注　葉經柱校閱
西湖佳話　墨浪子編撰　陳美林、喬光輝校注
西湖二集　周楫纂　陳美林校注

型世言　陸人龍著　侯忠義校注

著名戲曲選

竇娥冤　關漢卿著　王星琦校注
漢宮秋　馬致遠撰　王星琦校注
梧桐雨　白樸撰　王星琦校注
琵琶記　高明著　江巨榮校注　謝德瑩校閱
第六才子書西廂記　王實甫原著　金聖嘆批點
張建一校注
牡丹亭　湯顯祖著　邵海清校注
荊釵記　柯丹邱著　趙山林校注
荔鏡記　明・無名氏著　趙山林等校注
長生殿　洪昇著　樓含松、江興祐校注
桃花扇　孔尚任著　陳美林、皋于厚校注
雷峰塔　方成培編撰　俞為民校注
倩女離魂　鄭光祖著　王星琦校注

漢宮秋

馬致遠／撰　王星琦／校注

《漢宮秋》以漢元帝與王昭君的愛情悲劇為主線，講述歷史上著名「昭君和番」的故事，除了是「元曲四大家」之一馬致遠的代表作品，更被後人譽為元曲最佳傑作。本書以《元曲選》為底本，比勘各家校注之餘，同時力求文字表達上清楚明白，有利閱讀。

國家圖書館出版品預行編目資料

倩女離魂／鄭光祖著；王星琦校注.－－初版一刷.－
－臺北市：三民，2020
　面；　公分.－－(中國古典名著)

ISBN 978-957-14-6751-1（平裝）

834.57　　108018553

中國古典名著

倩女離魂

作　　者　鄭光祖
校　　注　王星琦
責任編輯　連玉佳
美術編輯　郭雅萍
封面繪圖　蔡采穎

發 行 人　劉振強
出 版 者　三民書局股份有限公司
地　　址　臺北市復興北路 386 號 (復北門市)
　　　　　臺北市重慶南路一段 61 號 (重南門市)
電　　話　(02)25006600
網　　址　三民網路書店 https://www.sanmin.com.tw

出版日期　初版一刷 2020 年 1 月
書籍編號　S858810
I S B N　978-957-14-6751-1